Le
Livre
de
Poche
Jeunesse

Légendes
des lacs et rivières

Bernard Clavel

Né à Lons-le-Saunier en 1923, Bernard Clavel rêvait dès l'école primaire
d'entrer aux Beaux-Arts ; mais il a d'abord été apprenti pâtissier
et a dû exercer, pour vivre, les métiers les plus divers, ce qui ne l'a pas
empêché de peindre et d'écrire. C'est de là qu'est venu le succès.
En 1968, il a reçu coup sur coup le Prix Goncourt, le Prix Jean Macé
et le Grand Prix littéraire de la ville de Paris. Il a été auteur de poèmes,
d'essais, de contes pour enfants et de romans, dont plusieurs ont été
adaptés au cinéma. Bernard Clavel est mort en 2010.

Du même auteur :

BERNARD CLAVEL

Légendes des lacs et rivières

Illustrations :
Morgan

Pour Cécile

Pour Cécile

Avant-propos

Quelques lecteurs estimeront peut-être qu'il est bien inutile de publier une nouvelle version de légendes dont certaines ont déjà été maintes fois racontées. Je pense, pour ma part, que c'est précisément le propre des légendes que d'être racontées éternellement. Avant d'entrer dans les livres, ces récits ont cheminé à travers les siècles, de génération en génération, repris et remodelés à la lueur des feux de bois par ceux que l'on appelait les conteurs de veillée. L'imprimerie puis les moyens audiovisuels ont peu à peu fait taire ces conteurs, mais leur esprit demeure et c'est lui qu'il convient de perpétuer.

Lorsqu'on se penche sur ce fabuleux trésor qui appartient à tout le monde, on constate que la même légende a souvent voyagé d'un continent à l'autre ; qu'elle s'est métamorphosée ; qu'elle a changé de ton et de couleur suivant la personnalité du conteur et selon son humeur. Cette constatation nous libère de toute contrainte. Car, en fait, il y a une inépuisable réserve de thèmes, d'anecdotes, de personnages où l'on peut puiser pour le plaisir de se raconter une histoire. Respectant l'esprit, le conteur s'est toujours accordé la liberté d'emprunter un chemin où son récit allait, se renouvelant et rajeunissant — si je puis dire — à chaque tournant.

Je tiens donc que l'on peut faire œuvre personnelle en racontant des légendes. Et, pour l'avoir fait, je sais aussi que l'on peut, même sans autre auditoire qu'une feuille blanche, prendre là beaucoup de plaisir.

Et si j'ai placé la Vouivre en tête de ce premier volume, ce n'est pas seulement pour des raisons sentimentales qui sont liées au souvenir de ma mère et à l'amour de ma terre natale. Ce n'est pas non plus uniquement parce que j'admire beaucoup Marcel Aymé. C'est pour tout cela, mais c'est surtout parce que la Vouivre me paraît être le type parfait de la légende qu'un grand écrivain a reprise à son compte, en toute liberté, pour en faire un chef-d'œuvre.

Le génie de Marcel Aymé, son humour et sa grande connaissance du monde paysan lui ont permis de faire vivre la Vouivre, personnage légendaire absolument sans âge, parmi les hommes de notre temps. D'un monstre, il a fait une fille d'une étrange beauté qui parcourt le Jura, portant sur sa chevelure un diadème orné d'un rubis. Certes, après lui, il est bien malaisé de reprendre le personnage ! C'est sans doute l'image qu'il nous en donne qui finira par s'imposer, et la belle jeune fille fera oublier le monstre. Cependant, il m'a paru intéressant de retrouver la Vouivre telle qu'elle était avant lui, c'est-à-dire telle que me la racontait ma mère qui, bien entendu, n'avait pas lu son livre.

Mais il est évident que, retrouvant dans ma mémoire les propos de ma mère, je les ai certainement adaptés, comme elle les avait adaptés elle-

11

même de sa mère et sa mère avant elle. Car nous ne vivons pas le même temps, et nous n'avons pas le même tempérament.

C'est volontairement que je me suis abstenu d'aborder ici les grands mythes. Ils sont des statues qu'il ne nous est plus permis de remodeler. J'ai préféré m'enfermer un moment en compagnie de héros beaucoup moins célèbres. Avec eux, je me sens plus à l'aise. Ils parlent un langage accessible à tous, et je sais bien qu'ils ne me reprocheront pas d'avoir parfois apporté un peu de nouveauté dans leur longue existence que tant de conteurs, avant moi, ont déjà pétrie.

Seuls les lecteurs pourront dire si le pain est bon, mais, ce que je puis affirmer, c'est que la pâte est d'une infinie richesse, que le levain a encore toute sa force, et qu'à pétrir ainsi, en toute liberté, j'ai retrouvé le parfum de mon enfance et la couleur des contes qui ont donné naissance à mes plus beaux rêves.

Écrivant ce livre, c'est un peu ma propre enfance que j'ai retrouvée, aussi bien pour ce qui m'était très proche dans l'espace que pour ce qui, plus lointain, fait partie d'un univers d'évasion. J'ajouterai que, chaque fois que j'ai eu le choix entre plusieurs légendes de la même famille, j'ai toujours conservé la moins connue.

À présent, il me reste à souhaiter que les jeunes lecteurs prennent autant de plaisir à suivre les aventures de nos héros, que j'en ai éprouvé à les découvrir et à les recréer pour eux.

B.C.

La Vouivre

France

La Vouivre ? Mais la Vouivre, mon petit, c'est un serpent. Enfin, quand je dis serpent, il ne faudrait pas imaginer quelque chose qui ressemble à une vipère ou à une couleuvre. Non. Et pour commencer : elle est bien plus grande. Plus grande qu'une vipère et même plus grande qu'un homme. Je ne sais pas au juste, mais au moins longue comme la moitié de la cuisine, et capable de se dresser toute droite sur sa queue. En plus, elle a des ailes

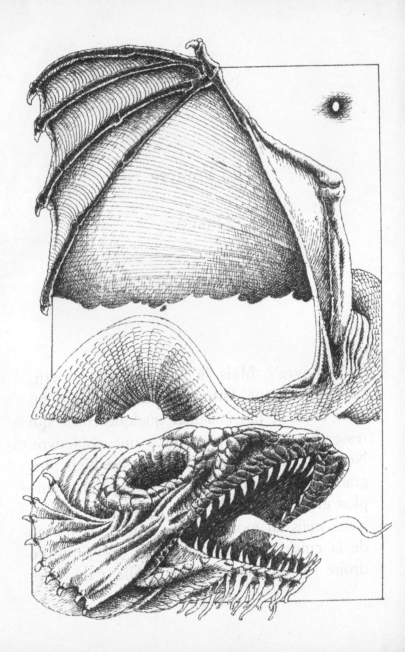

noires, comme celles d'une chauve-souris, mais cent fois plus larges.

Est-ce que tu as déjà vu des images de croisés ? Oui. Eh bien, le corps de la Vouivre est comme habillé d'une cotte de mailles en acier. Et quand elle est en colère, les mailles se mettent à onduler et à jeter des étincelles. Sa gueule, c'est la même chose, elle peut te lancer un jet de feu à plusieurs mètres. Sa langue est aussi longue et aussi pointue que la lame d'une épée. Une langue verte avec des reflets de métal, et qui sort d'une gorge toute rouge. Et puis, cette bête-là n'a qu'un œil. Un gros œil de rubis.

Un monstre, quoi !

Si je l'ai vue ? Bien sûr que non. Dieu me préserve d'une telle rencontre ! Mais, quand j'étais toute petite, j'ai connu un vieillard qui avait connu un homme plus âgé que lui dont le grand-père avait rencontré un vieux qui avait vu la Vouivre comme je te vois en ce moment.

C'était par un beau soir de printemps. À l'époque, cet homme-là était encore jeune. Il s'appelait Barberot. Il habitait une ferme au bord de la rivière d'Ain avec sa mère qui était veuve. Ce n'était pas une famille riche, et le

17

Barberot aurait bien aimé épouser la fille d'un gros propriétaire voisin. Mais les temps étaient durs, et le père de celle qu'il aimait lui avait dit : « Pas d'argent, pas de fille ! »

Bon. Ce soir-là, il s'en revenait de planter des piquets de clôture. Il avait sa masse de bois sur l'épaule et il marchait tranquillement, en pensant à sa belle.

Il tourne la corne du bois. Il s'approche de la rivière, et qu'est-ce qu'il voit ? Une lueur qui semble glisser sur l'eau. Il s'accroupit derrière un buisson, il écarquille les yeux, il se pince pour s'assurer qu'il ne dort pas. Mais non. Ce n'est pas un rêve. La Vouivre est là qui rampe sur l'eau tout en soufflant du feu. Elle plonge, elle ressort, elle s'ébroue, elle bat des ailes, elle soulève des gerbes d'écume et brasse l'eau comme ferait un vent de tempête.

Barberot l'observe un moment. Il n'y a pas de doute : c'est bien la Vouivre. Il en a assez souvent entendu parler par les anciens pour être certain de ne pas se tromper.

Pourtant quelque chose l'intrigue, il ne voit rien briller sur son front. On lui a toujours dit que la Vouivre pose son œil sur la berge des rivières avant de se baigner et cet œil est un rubis qui vaut une fortune, mais il a peine à croire que pareille chance puisse lui être offerte, à lui, le pauvre Barberot.

Il regarde encore un moment, un petit peu effrayé tout de même, et il ne voit toujours rien de rouge sur le front du monstre. Alors, sans lâcher sa masse, avec des précautions de matou en chasse, il se met à ramper sur la rive. Il se dissimule derrière les herbes, il inspecte le terrain, et de loin en loin, il lève la tête pour s'assurer que le monstre est toujours à barboter au plus fort du courant.

Enfin, à force de se mouvoir le nez au ras de l'herbe, il finit par découvrir le joyau. Le rubis est encore plus gros qu'il n'aurait osé l'imaginer. Gros comme une tête de nourrisson bien venu. Barberot en est tout ébloui. Le souffle coupé, il reste un moment à fixer ce gros soleil rouge posé sur le sable d'une petite plage.

Barberot est un garçon courageux, fort et souple. Un homme qui n'hésite pas à affronter une vache vicieuse ou un taurillon de mauvais caractère. Il pense à sa force, à sa rapidité et aussi à tout l'or que représente le rubis et qui lui permettrait à coup sûr de faire le mariage dont il rêve.

Bien entendu, il se souvient que d'autres avant lui ont tenté l'aventure et qu'ils ont tous été dévorés par la Vouivre ou par le peuple de serpents sur lequel elle règne. Mais lui, Barberot, sera plus rapide que les autres.

Il avance d'une ou deux sabotées, et il voit une grosse vipère lovée à côté du rubis. Un regard circulaire : rien d'autre. Si c'est tout ce que la Vouivre a trouvé pour garder son trésor, il n'y a pas de quoi effrayer un homme !

Barberot se retourne. Le monstre remonte le courant sans se soucier de rien. Se croyant très malin, le paysan se dit que sans son œil la Vouivre ne doit pas voir grand-chose et qu'elle aura bien du mal à le poursuivre. Donc, s'il tue la vipère, il n'aura plus qu'à filer.

Il quitte ses sabots pour être plus léger, assure ferme dans ses mains le manche de son outil, avance sans bruit, et, lorsqu'il se sent à bonne portée, il fait tourner sa masse d'un grand effort et assène sur le reptile un coup à écraser un bœuf. La vipère n'a même pas eu le temps de lever la tête. Souviens-toi qu'on est au printemps et que les vipères sont encore un peu engourdies.

Abandonnant masse et sabots, Barberot ramasse le rubis et se met à courir en direction du village.

C'est la Vouivre qui a des ailes, mais, pour le moment, c'est Barberot qui semble s'envoler. Jamais il n'a filé aussi vite. Jamais il n'a sauté aussi haut par-dessus les haies.

Pour mieux courir, il a mis le rubis dans sa chemise, contre sa poitrine. Il le sent sur sa peau, aussi froid qu'un morceau de glace.

Il court depuis un bon moment, et il voit déjà danser au bout du pré les fenêtres éclairées des premières maisons, quand un long sifflement part de la rivière. Un sifflement comme il n'en a jamais entendu. Un vent chaud lui arrive dans le dos et le rubis commence à tiédir.

Barberot comprend que la Vouivre est à ses trousses, mais le village est si proche, si proche... Il essaie de courir plus vite encore, mais, en même temps que le rubis se met à lui brûler la poitrine, voilà que des reptiles sortent des haies, des buissons, des touffes d'herbe, exactement comme s'il en pleuvait.

Barberot essaie de les enjamber, mais une vipère lui mord le talon gauche tandis qu'une longue couleuvre verte s'enroule autour de sa jambe droite. Derrière lui, le sifflement se rapproche et le vent se fait plus brûlant. Quant au rubis, il est comme un charbon ardent qui lui dévore la peau.

Alors, se sentant perdu, le pauvre garçon ouvre sa chemise et laisse la pierre précieuse rouler sur le pré.

Aussitôt, le sifflement s'apaise, le vent redevient frais, et les serpents disparaissent.

Tant bien que mal, le visage et le corps couverts de sueur, Barberot regagne sa maison. Sa mère, effrayée, va chercher le forgeron qui est un peu guérisseur. L'homme pose sur la plaie du pied et la brûlure de la poitrine des emplâtres de chou haché, mêlé à des feuilles de bardane et à du lait caillé saupoudré de limaille de fer.

On a du mal à croire que le malheureux a bien rencontré la Vouivre, mais les blessures sont là. Et puis, le lendemain, tout près de ses sabots et de sa masse qui pèse encore sur la vipère écrasée, on relève sur le sable une trace qui ne peut être que celle du monstre.

Inutile de te dire que Barberot devait conserver de l'aventure un triste souvenir. Et pourtant, en apprenant que c'était pour sa fille qu'il avait pris un si grand risque, son voisin décida de lui accorder la main de celle qu'il aimait. Et le riche fermier n'eut rien à regretter, parce que Barberot était un garçon solide et travailleur, qui sut tirer des terres de son beau-père une petite fortune. En fait, il n'avait perdu la tête qu'au moment où il avait vu le rubis, mais, plus sage que bien d'autres, il l'avait lâché avant d'être dévoré.

N'empêche que, si un jour tu rencontres la Vouivre, je te conseille de passer au large sans trop regarder son rubis. On ne gagne rien à convoiter pareille fortune. Mieux vaut un petit bonheur tranquille qu'une aventure où l'on risque de laisser sa vie.

L'affreux homme
du Hoyoux

Belgique

Le Hoyoux était autrefois une rivière beaucoup
plus profonde qu'elle ne l'est aujourd'hui. On se
demande où peuvent bien passer les eaux des
rivières et des fleuves, mais c'est comme ça, elles
se font de plus en plus rares.

Bref, tout au long du Hoyoux, une grande
peur régnait qui venait d'un personnage que nul
n'avait jamais vu. On l'appelait l'affreux homme
du Hoyoux, sans même savoir s'il ressemblait à
un homme ou à un monstre. Le fait est qu'il se

comportait comme une terrible bête sauvage, puisqu'il se nourrissait uniquement du cœur de ses victimes.

À cette nourriture, affirmait-on, il devait le don de voir la nuit, au fond de l'eau, et même à travers les murailles les plus épaisses.

Lorsqu'il voulait s'emparer, par exemple, d'une jeune lavandière, il faisait miroiter entre deux eaux, juste sous les yeux de la jeune fille, une bague en or, un peigne incrusté de diamants ou un collier de perles fines. Naturellement, la jeune fille plongeait le bras dans l'eau pour se saisir du joyau, et, à ce moment-là, une force invisible l'attirait au fond de la rivière.

Il arrivait aussi que l'affreux homme du Hoyoux eût envie d'un cœur d'enfant. Il faisait alors flotter à quelques mètres d'une rive un petit bateau très joli, avec des voiles blanches comme les aiment tous les enfants.

Pour les habitants de la vallée, ce n'était plus une vie. Les jeunes filles refusaient de laver le linge, et les enfants ne voulaient plus aller à l'école qui se trouvait justement à côté de la rivière. On en était à se demander s'il ne fallait pas construire une autre école et un lavoir loin

du Hoyoux, lorsque vint à disparaître une très vieille femme. C'était une nouveauté, car l'affreux homme n'avait, de mémoire d'aïeul, enlevé que des enfants et des jeunes filles. Or le forgeron et deux paysans, qui n'étaient pas de grands buveurs, affirmaient qu'ils avaient bien vu la pauvre femme basculer tête première par-dessus son banc à laver, et disparaître sous l'eau, entraînée par une force invisible.

Sans aucun doute, l'affreux homme du Hoyoux avait encore fait des siennes. On pleura beaucoup la pauvre femme dans sa famille, et tout le village la regretta car elle connaissait les plantes qui guérissent.

Plus de douze mois passèrent au cours desquels quatorze enfants et huit jeunes filles disparurent encore. Et puis, un matin, alors qu'un épais brouillard dormait sur les eaux silencieuses, on vit réapparaître la guérisseuse. Elle semblait se porter assez bien, et, lorsqu'elle se fut installée au coin du feu et qu'elle eut avalé une infusion bien chaude, elle se mit à raconter :

« Figurez-vous, dit-elle, que l'affreux homme du Hoyoux m'a entraînée dans sa demeure qui est une espèce de caverne tout au fond d'un gour très profond. Je croyais qu'il allait me dévorer le cœur, mais pas du tout. Arrivés chez lui, voilà qu'il se met à me parler tout gentiment, à me demander ce que je veux boire, ce que je veux manger, si j'ai envie de me reposer... Enfin, quoi, des manières de Monsieur bien élevé. Moi, vous parlez que toute cette eau m'avait enlevé la soif et que l'émotion me coupait l'appétit. Je lui dis que je n'avais besoin de rien, et que je voulais seulement rentrer chez moi. Il me répondit : « Tu rentreras, mais quand tu auras guéri ma pauvre femme qui est clouée au lit par le rhumatisme. » Le rhumatisme, vous pensez, à vivre comme ça au fond de l'eau, ça n'a rien de surprenant. J'essaie de lui expliquer que ce n'est pas un endroit pour une vieille femme. Rien à faire ! Il ne veut pas qu'elle sorte de chez lui. C'est bon ! Voyant qu'il est plus têtu qu'une bûche, je lui fais la liste des herbes qu'il me faut, et le voilà parti. Il fait sa cueillette, et il revient avec tout ce que j'ai demandé. Et comme ça, pendant un an, j'ai soigné sa femme. Aujourd'hui, elle se porte comme un charme. »

Tout le village écoutait ce récit. Incrédules, quelques jeunes gens souriaient en se poussant du coude, mais les gens qui avaient l'âge de raison hochaient la tête d'un air entendu.

Lorsque la femme se tut, il y eut un long silence, puis quelqu'un demanda :

« Et qu'est-ce que tu as mangé, durant tout ce temps ? »

La guérisseuse baissa les yeux, se frotta le menton avant de répondre, d'une voix qui tremblait un peu.

« Moi, vous savez, je ne suis pas difficile sur la nourriture. C'était l'homme du Hoyoux qui faisait la cuisine... Il a ses recettes à lui. Et je ne lui ai jamais posé de questions. Tout ce que je peux vous dire, c'est qu'il accommode la viande et le poisson, avec des herbes que je ne connais pas parce qu'elles poussent au fond de la rivière. Mais ce n'est pas mauvais du tout. »

Chacun rentra chez soi, et la vie du village reprit. La guérisseuse recommença de soigner les gens, les enfants continuèrent de disparaître et de plus en plus les jeunes filles refusèrent de laver le linge.

Cependant, quelque chose intriguait le mari et les enfants de la guérisseuse. Lorsqu'ils se trouvaient à table, par exemple, et que l'on frappait à la porte, la guérisseuse disait :

« C'est Untel. »

Et jamais elle ne se trompait. Parfois, elle fixait le mur et disait :

« Tiens, voilà le père Machin ou la mère Chose qui s'en revient du marché. »

Si l'on se penchait à la fenêtre, on pouvait constater qu'elle avait très bien vu à travers le mur.

Toute la famille comprit avec stupeur ce qui s'était passé : invitée durant une année à la table de l'homme du Hoyoux, la pauvre femme avait dû manger du cœur d'enfant. Cela n'avait rien de réjouissant, mais il fallut s'en accommoder en s'efforçant de faire en sorte que le reste du village ne découvrît pas ce terrible secret.

Seulement, ce que tout le monde ignorait, c'est que, si elle voyait à travers les murs, la guérisseuse avait également acquis le don de voir ce qui était invisible.

Or, un jour qu'elle s'en allait laver du linge, elle rencontra, dans la rue basse, l'affreux homme du Hoyoux. Il se promenait tranquille-

ment, persuadé qu'il était de demeurer totale-
ment invisible.

« Tiens, lança-t-elle, qu'est-ce que vous faites
par ici ? Et votre femme, comment va son rhumatisme ? »

Des gens qui passaient se demandèrent si la
guérisseuse avait perdu la tête, pour se mettre
ainsi à parler dans le vide. Et ils furent encore
beaucoup plus étonnés de la voir lâcher son
panier de linge et s'en aller vers la rivière en se

débattant, un bras en avant, exactement comme si quelqu'un de très fort l'eût entraînée malgré elle.

« Lâchez-moi ! criait-elle. J'ai guéri votre femme. Je ne veux pas retourner à la rivière ! Lâchez-moi ! Au secours ! Au secours ! »

Et l'affreux homme, dont elle était la seule à entendre la voix, continuait de l'entraîner en disant :

« Tu as le don de me voir... Un jour ou l'autre tu me feras prendre. Tu vas disparaître. Cette fois, tu ne sortiras plus de l'eau. »

La malheureuse n'était plus qu'à quelques pas de la rive, lorsque le forgeron l'aperçut. Il comprit ce qui se passait. Saisissant une hache, il bondit et se mit à cogner de toutes ses forces. Il frappait devant la guérisseuse et, contrairement à ce que pouvaient croire les témoins étonnés, il ne tapait pas dans le vide. Il le sentait bien. Et, lorsque la femme libérée tomba dans l'herbe, le forgeron vit autour de son poignet des traces laissées par la main énorme de l'affreux homme du Hoyoux.

La guérisseuse fut ramenée chez elle encore

abasourdie, mais une infusion d'herbes suffit à lui redonner toute sa vigueur.

Depuis ce jour-là, les jeunes filles n'ont plus aucune raison de ne pas faire la lessive, et même les mauvais élèves sont obligés d'aller à l'école.

Quant à la guérisseuse, on dit qu'elle a cessé de voir à travers les murs.

La Lorelei

Allemagne

Si vous descendez un jour le cours du Rhin en bateau, les mariniers vous montreront, près de la rive droite, le rocher de la Lorelei au pied duquel bouillonne l'eau du fleuve. Vous regarderez en silence, et vous attendrez que le bateau ait gagné un flot moins tumultueux pour demander qui était cette ondine et quelle fut son histoire. On la raconte de mille et une manières, mais tous ceux qui vous parleront de la Lorelei s'accorderont à dire qu'elle était d'une incomparable beauté.

Pour ma part, je vous conterai son histoire telle que je l'ai entendue de la bouche d'un très vieux passeur, retraité depuis des années, et qui ne prenait plus son bateau que pour venir contempler le rocher au coucher du soleil. Peut-être espérait-il que l'ondine reviendrait un soir et qu'il aurait la chance de la contempler comme avaient pu le faire ses lointains ancêtres. J'étais encore très jeune lorsque le vieil homme me confia ses souvenirs, sans doute est-il mort depuis des années, mais son propos est resté en ma mémoire. Sans y changer un mot, c'est ce qu'il m'a dit que je vous rapporte aujourd'hui.

« Figure-toi, mon petit, que beaucoup d'eau a coulé entre ces rives depuis que la Lorelei a disparu. Je ne saurais te dire combien d'années, combien de siècles ont passé, mais je sais que les hommes se battaient alors avec des épées, et qu'ils n'avaient pas encore inventé ces guerres effrayantes qui abreuvent la terre du sang des innocents et rougissent l'eau des fleuves.

« En ce temps-là, les bateaux descendaient ou remontaient le fleuve à force de rames. Certains étaient halés par des hommes, d'autres par des chevaux. On te racontera peut-être que la Lorelei était une espèce de sirène d'une grande beauté, qui chantait perchée sur son rocher, pour faire perdre la tête aux hommes d'équipage et attirer les embarcations sur les récifs. Pour être belle, elle était belle. Tellement qu'on n'a plus jamais vu fille aussi resplendissante. Quant à sa voix, c'est vrai aussi qu'elle était merveilleuse. Mais ce n'était pas une mauvaise créature. Au contraire. C'était plutôt une bonne personne qui chantait pour faire oublier aux mariniers la rudesse de leur labeur et les dangers de ce sacré fleuve si souvent de mauvaise humeur. On dit même qu'elle montrait du doigt aux pêcheurs l'endroit où se tenaient les bancs de poissons. Mais ça, vois-tu, je n'en suis pas absolument certain. Je croirais plutôt que c'est une invention, parce que les ondines sont un peu de la famille des poissons et qu'elles ne doivent pas être tellement heureuses de les voir se débattre dans les mailles d'un filet. Bon, elle était donc connue de tous les bateliers qui la voyaient, dans les derniers rayons du couchant, peigner sa chevelure d'or qui lui descendait jusqu'à hauteur des hanches. Mais, naturellement, la présence d'une ondine aussi belle sur un rocher, ça ne pouvait pas rester le secret des mariniers. Sur les bateaux, il y avait parfois des passagers, et tous ceux qui voyaient une fois la Lorelei en parlaient à qui voulait les entendre. Or il y avait un comte puissant et très riche, nommé Albrecht, dont le fils décida un jour d'enlever la Lorelei. Le voilà qui s'en vient sur son cheval noir jusqu'à la rive et qui demande à un vieux batelier de mon espèce de le conduire au pied du rocher. Le vieil homme du fleuve, qui n'était pas tombé de la dernière pluie, se dit que le garçon a certainement quelque chose de malsain dans l'idée, et il refuse. Mais le jeune noble a l'habitude qu'on fasse ses quatre volontés, et voilà qu'il tire son épée. Que peut faire le vieil homme ? Rien du tout. Rien d'autre que se mettre au banc de nage pour souquer ferme en direction du rocher. C'est le crépuscule, la lumière est blonde et les ombres toutes cendrées, et c'est l'heure que préfère l'ondine. Elle est justement sur son rocher et commence à chanter. Le jeune homme demeure un moment silencieux, le souffle coupé, et puis voilà qu'il se met à crier au marinier :

« "Abordez ! Abordez à ce rocher !"

« Le vieux s'arrête de ramer, et, tranquillement, il dit :

« "Impossible... Personne n'a jamais pu aborder ici. Vous voyez bien qu'il y a des remous et des vagues qui retourneraient ma barque comme une crêpe."

« Le jeune homme se fâche, menace, mais, comme le vieux ne veut rien entendre, il finit par demander :

« "Approchez-vous le plus possible. Je sauterai bien jusqu'au rocher."

« L'homme du fleuve essaie de lui faire entendre raison, mais comme le gaillard s'obstine et devient menaçant, il ne reste plus qu'à serrer au plus près le rocher. Et voilà le jeune noble qui s'élance. Il est souple et leste, mais malgré tout son saut est trop court. Aussitôt dans le fleuve, il est roulé par le flot. Empêtré dans son armure, alourdi par ses armes, il coule à pic sans que le marinier puisse rien tenter pour le sauver. C'est en vain qu'on cherche son corps, personne jamais ne le retrouvera.

« Apprenant la mort de son unique héritier, le comte Albrecht entre dans une terrible colère. Il commence par s'en prendre aux mariniers et voudrait faire exécuter celui qui a conduit son fils au pied du rocher. Mais, dans ce métier où les hommes sont toujours à se battre contre le fleuve et les orages, on a l'habitude de se soutenir l'un l'autre. Personne n'accepte de parler, et le comte n'arrive pas à connaître le nom de celui qu'il recherche. Il tourne alors sa colère contre la Lorelei et ordonne au capitaine de ses gardes de s'en emparer. Il prétend que cette créature est une sorcière et qu'il faut la brûler vive.

« D'ailleurs, de la rive, bien qu'il ne puisse l'apercevoir, il l'entend chanter et, au lieu de le séduire comme elle a toujours séduit les mariniers, cette voix si belle attise encore sa fureur.

« Le capitaine s'embarque donc avec une douzaine de soldats pour donner l'assaut, et, à force de ruse et d'obstination, après avoir noyé plusieurs de ses hommes, il parvient à grimper jusqu'au sommet de la pierre où s'est réfugiée la jeune fille.

« "Je te tiens, sorcière ! crie-t-il. Tu as tué le fils de mon maître, tu seras ficelée sur un tas de fagots et brûlée dans la cour du château ! Tu vas voir ce qu'il en coûte d'ensorceler un jeune homme !"

« Il veut empoigner la Lorelei pour l'entraîner, mais, effrayée, elle se met à crier :

« "Fleuve, viens à mon secours ! Oh ! Fleuve ! Sauve-moi de la colère des hommes ! Je n'ai fait aucun mal, sauve-moi de l'injustice !"

« Alors, comme si quelque part en amont une digue retenant des lacs entiers s'était rompue soudain, voilà que le fleuve se met à grossir. Son eau n'est plus qu'un bouillonnement d'écume et sa voix emplit la vallée d'un bruit de tonnerre.

« Les soldats et le capitaine sont emportés. Nul ne saura jamais ce qu'ils sont devenus, mais, ce qui est certain, c'est que la Lorelei aussi disparaît dans les eaux. Jamais on ne la reverra sur son rocher. Depuis, les bateliers du Rhin sont tristes lorsqu'ils passent ici.

« Et pourtant, certains soirs, quand le soleil met de l'or sur la pierre et que les remous du fleuve ressemblent aux cheveux blonds de la

Lorelei, il arrive que l'on entende sa voix. Une voix fraîche et pure comme les sources qui naissent au pied des glaciers, une voix qui monte du Rhin avec le premier souffle du vent de nuit. »

Les rats du lac
de Constance

Suisse

De nos jours, lorsqu'on parle de grandes famines, ce sont toujours de lointaines contrées que l'on évoque. En Europe, par exemple, il n'arrive plus que des populations entières viennent à mourir faute de nourriture. Il n'en était pas de même autrefois, et, il y a quelques siècles, il arriva un jour de nombreux et violents orages qui dévastèrent toutes les terres bordant le lac de Constance. Les pluies furent d'une telle violence que le ruissellement des eaux entraîna non seulement les récoltes, mais également une bonne partie des terres arables. Des maisons s'écroulèrent, des pans de forêt glissèrent vers le lac comme si la montagne se fût déplacée.

Lorsque le soleil revint, il dura des jours et des jours, plus chaud qu'on ne l'avait jamais vu en ce pays, si bien qu'il devint impossible de remettre les champs en culture. Il fallut laisser s'achever l'été, puis passer un hiver durant lequel on ne put que s'occuper à remonter de la terre du fond de la vallée.

Je vous assure que le spectacle n'avait rien de réjouissant.

Bien entendu, les récoltes étant perdues, plus personne n'avait rien à manger et la grande famine s'installa.

Cependant, sur la rive du lac, il y avait alors un immense château tout entouré de hautes murailles, où une armée de mercenaires montaient la garde nuit et jour. C'était le château de Wasserbourg, domaine du très riche seigneur de Gütingen. Ce seigneur employait un personnel nombreux pour son service et celui de sa cour. Parmi les femmes de chambre, se trouvait une bonne personne d'une soixantaine d'années, qui

avait vu grandir le seigneur. Elle était la seule qui osât lui dire toujours très franchement ce qu'elle pensait de son comportement. Lorsqu'elle apprit que des centaines d'enfants mouraient de faim sur les terres d'alentour, lorsqu'elle sut que des familles entières demeuraient sans abri, sans feu et sans la moindre nourriture, elle dit à son maître :

« Tout de même, vous devriez bien leur venir en aide. Vous avez dans vos remises et vos greniers plus de vivres en réserve qu'il ne vous en faudra pour les cinq années à venir. Distribuez-en seulement la moitié et ces gens seront sauvés. Ce que vous donnerez leur permettra d'attendre la prochaine récolte, et vous n'en serez pas plus pauvre pour autant. »

Le seigneur prit fort mal la chose, et, avec beaucoup de colère dans la voix, il lança :

« Je t'interdis de me parler de ça. Mêle-toi de ton travail. Tous ces rats peuvent disparaître, je m'en moque. Dès qu'ils seront morts, d'autres viendront qui prendront leur place. »

La servante, qui avait de nombreux parents parmi les victimes et qui était elle-même issue de ce peuple que son maître appelait « ces rats », fut profondément blessée par son propos. Refusant d'être normalement nourrie alors que la faim menaçait les siens, elle décida de quitter le château.

Le soir même, à la tombée du jour, elle passait la poterne et s'éloignait de l'ombre épaisse que les remparts et le donjon plaquaient sur le rivage du lac. Le vent était frais, les vagues clapotaient, la nuit était noire sous un ciel sans étoiles.

Lorsqu'elle eut parcouru quelques centaines de sabotées, il lui sembla que l'air qu'elle respirait était plus pur. S'arrêtant un moment, elle se retourna pour regarder les lumières du donjon et imagina la table couverte de victuailles où le seigneur et les siens viendraient prendre place dans moins d'une heure. Crachant sur le sable de la plage, elle dit :

« Misérable égoïste, tu ne mérites aucune pitié ! »

Elle avait aimé cet homme comme son propre enfant, mais, à présent, elle le détestait.

Elle s'en fut donc trouver les gens du village le plus proche qui s'étaient rassemblés dans les quelques masures habitables. Elle leur distribua le peu de vivres qu'elle avait pu apporter dans son panier puis elle leur dit :

« Il y a au château de quoi vous nourrir tous. Le seigneur m'a refusé le blé que je lui ai demandé pour vous, mais, si des mères vont lui présenter leurs enfants agonisants, j'espère qu'il n'aura pas la cruauté de persister dans son refus. »

On désigna douze femmes qui, dès le lendemain, se présentaient à la porte du château, portant chacune un enfant squelettique. Lorsqu'il les vit, le seigneur les fit chasser par ses gardes et ses molosses en criant :

« Vous ne voudriez tout de même pas que je prive mes chiens pour nourrir vos enfants ? Mes chiens sont mes fidèles gardiens, vos enfants ne sont rien ! »

Les femmes revinrent et racontèrent ce qui s'était passé. Quelques-unes d'entre elles pleuraient, mais les autres avaient un regard dur et glacé où se lisait une grande colère. Elles demandèrent aux hommes de se rassembler, et la plus âgée prit la parole :

« Si vous laissez mourir vos enfants à l'ombre

d'un château où les vivres sont en abondance, c'est que vous n'êtes plus des hommes. »

Alors, les pères, les oncles et les frères aînés des enfants menacés par la plus terrible des agonies, s'armèrent de pieux, de faux, de haches et de fourches, et ils marchèrent sur le château. Ces malheureux étaient beaucoup plus nombreux que les gardes, mais ils avaient appris à labourer alors que les soldats apprenaient à se battre. Le combat ne dura que quelques heures. Plus de cent paysans furent tués, et les autres furent poussés dans une grange attenant au château où les soldats les enfermèrent.

Le seigneur, qui avait assisté à la bataille du haut de ses remparts, ordonna que la grange fût entourée de fagots.

« Tous ces rats des champs vont périr enfumés et grillés, déclara-t-il. Comme ça, les autres perdront l'envie de prendre mon grain. »

Dès que les fagots furent en place, le capitaine des gardes y mit le feu. Comme le bois était bien sec, de hautes flammes s'élevèrent bientôt et la chaleur devint si intense que tous les soldats regagnèrent le château protégé par son enceinte de pierre. Des appels et des plaintes s'élevaient avec un épais nuage de fumée.

« Écoutez donc couiner les rats », dit le seigneur en riant.

Il n'avait pas plus tôt prononcé cette phrase, que des milliers de rats sortirent du brasier. Mais cette fois, c'étaient bien des rats. De gros rats gris qui poussaient de petits cris pointus. Il en sortait tant et tant que l'on eût dit un flot de cendre déferlant du bûcher. Ce fleuve de poils, où luisaient des millions de petits yeux d'acier, se dirigea d'abord vers les eaux du lac, puis se séparant en deux courants, il obliqua vers le château dont les murailles furent bientôt encerclées.

Les archers du seigneur se mirent à tirer des flèches tandis que d'autres soldats versaient par les créneaux des cuves d'huile bouillante, mais les rats étaient en si grand nombre que rien ne pouvait ralentir leur avance. On crut un moment qu'ils allaient grimper le long des murs pour s'attaquer aux mercenaires, mais non, pas un ne tenta l'escalade. Tous se mirent à ronger le pied des murailles, et ces millions de petites dents aiguës faisaient un étrange bruit de scie.

Ils rongèrent tant et si bien que la masse

énorme du château glissa bientôt vers le lac où elle s'engloutit, soulevant des gerbes d'écume. Les vagues déferlèrent si haut sur les rives que le feu des fagots qui commençaient à dévorer la toiture de la grange, fut noyé d'un coup. Toussant et éternuant, les prisonniers purent sortir tandis que les rats, leur besogne accomplie, disparaissaient soudain comme par enchantement.

Depuis ce jour, lorsque les eaux du lac sont très claires et très calmes, si l'on passe en bateau à quelques dizaines de brasses de la rive, on peut apercevoir l'ombre du cruel seigneur qui flotte entre les algues et les rochers à la recherche de son âme.

Le lac
de Crève-Cœur

Italie

Il y a de nombreux lacs en Italie, mais il est inutile que vous cherchiez le lac de Crève-Cœur, car voilà bien des siècles qu'il a disparu.

C'était pourtant un beau petit lac blotti entre des montagnes couvertes de forêts. Le pays était tellement agréable, qu'une princesse qui l'avait traversé en tomba amoureuse et décida d'y faire construire un château où elle vint vivre avec son fils.

Pour un enfant de dix ans, les grands bois

et l'eau tranquille étaient un vrai paradis. Bien entendu, le garçon avait demandé un bateau et, comme sa mère ne savait rien lui refuser, elle avait immédiatement fait construire une très belle petite barque que l'enfant apprit vite à manœuvrer avec une grande habileté.

Un vieux pêcheur, qui venait vendre du poisson à l'intendant du château, dit un jour à la princesse :

« Un enfant tout seul sur ce lac, ce n'est pas très prudent. Dans ce pays, il arrive que le vent se lève d'un coup. Si l'enfant est pris par la tempête, croyez-vous qu'il saura regagner la rive ? »

La princesse remercia le vieillard, mais elle ajouta :

« Ne t'inquiète pas, pêcheur, mon fils est un prince, et les princes savent tout faire parce qu'ils sont plus forts et plus intelligents que les autres. »

Or, un matin que le lac était lisse comme un miroir, l'enfant monta dans sa barque et piqua vers le large. De sa fenêtre, la princesse le regardait tirer avec ardeur sur ses avirons. Elle pensait à son époux qui guerroyait je ne sais où, et se disait :

« Quand il reviendra, il sera fier de son fils. »

L'enfant se trouvait à peu près au milieu du lac, lorsque le ciel s'assombrit d'un coup derrière la montagne. La forêt se mit à hurler, fouaillée de vent et de grêle.

L'eau devint noire comme de l'encre et d'énormes vagues crêtées d'écume se levèrent, courant comme des bêtes apeurées d'une rive à l'autre.

La princesse se mit à crier, appelant à l'aide le vieux pêcheur qui sauta dans son bateau et tenta tout ce qui était en son pouvoir pour sauver le garçon.

La pluie et la grêle tombaient si denses que bientôt la princesse ne vit plus ni la barque de son enfant ni celle du vieil homme.

Elle se lamentait, priait, s'en prenait tour à tour à ses domestiques et à son intendant ; elle implorait le Ciel, mais rien ne calmait la rage du vent venu de la montagne.

La tempête dura des heures. Puis, lorsque l'averse cessa et que revint le calme, ce fut un lac sans bateau qui apparut au grand soleil. On ne retrouva que des débris des deux embarcations fracassées par les lames.

Alors, rassemblant tous les paysans et les pêcheurs du voisinage, la princesse les paya à prix d'or pour qu'ils travaillent sans relâche à creuser un canal qui permettrait de vider le lac. En une journée et une nuit, le lac fut asséché, mais, tout au fond, on ne retrouva que la forme vague d'un vieil homme qui tenait dans ses bras la forme d'un enfant. Déjà le calcaire du lac avait fait des deux naufragés une statue aux contours imprécis.

La princesse, désespérée, quitta son château et se mit à errer dans les bois d'alentour. On tenta vainement de la consoler, mais son regard était tel que, bientôt, plus personne ne voulut l'approcher. Le bruit se répandit qu'elle avait le mauvais œil et que quiconque la regardait courait le risque de devenir fou.

La pauvre femme vécut ainsi quelques mois encore, puis, à l'entrée de l'hiver, elle s'en vint mourir de faim, de froid et surtout de désespoir

au creux du val ; au plus profond de ce qui avait été un beau lac.

Ce lac dont on ne parle plus qu'avec une grande tristesse et qu'on a baptisé, depuis sa disparition, le lac de Crève-Cœur.

Le pont du Diable

Espagne

Si vous traversez un jour le fleuve Llobregat qui se jette dans la mer au sud-ouest de Barcelone, vous emprunterez peut-être le pont du Diable. Il n'y a pas de quoi être effrayé, ce n'est pas du tout un pont qui conduit en enfer, et je pense même que le Diable ne doit pas être très heureux que cet ouvrage d'art soit là pour rappeler une de ses mésaventures.

Il y a quelques siècles, alors que la contrée était peu habitée, une vieille femme, qui vivait seule sur la rive gauche du fleuve, s'en allait chaque jour chercher une cruche d'eau potable à une fontaine qui se trouvait sur la rive droite. Or, un soir d'automne, il y eut sur les Pyrénées un orage comme ces montagnes n'en ont peut-être plus jamais vu depuis lors. La pluie tomba si violemment que le Llobregat monta d'un coup, se mettant à charrier des arbres énormes arrachés aux rivages. La crue fut aussi brève que violente et, le lendemain matin, le fleuve avait regagné son lit mais le pont n'était plus là.

Quand la vieille sortit de chez elle avec sa cruche, elle se mit à se lamenter.

« Seigneur Dieu, dit-elle en sanglotant, comment vais-je faire sans eau potable... Dieu du Ciel, venez à mon secours, vous savez bien que je ne peux pas vivre sans eau ! »

Si cette vieille femme parlait ainsi, ce n'est pas qu'elle eût une foi très solide, la preuve : ce ne fut pas le Dieu qu'elle implorait qui lui vint en aide, mais le Diable. Le Diable qui avait proba-blement déclenché l'orage de la veille et passait par là en rentrant chez lui ; comme ça, tout bon-nement, et sans avoir l'air de rien.

« Tu veux un autre pont ? dit-il. Soit. Je peux

t'en construire un en quelques heures, mais à une condition.

— Parle toujours.

— L'âme de celui qui, le premier, passera ce pont m'appartiendra. »

Vous l'avez deviné, naturellement, ce que voulait le Diable, c'était l'âme de la vieille.

La vieille se gratta le chignon de ses ongles longs et sales, elle réfléchit un moment, mais comme le soleil déjà haut attisait sa soif, elle finit par dire :

« Fais toujours le pont, et nous verrons
bien.

— Non, non, dit le Diable. Il faut que tu sois
d'accord.

— Eh bien, ça va. Je suis d'accord ! »

Aussitôt cette réponse entendue, le Diable fit
claquer ses doigts secs comme des castagnettes.
Alors, de partout, jaillirent de petits démons cornus qui se mirent au travail. Ils étaient si nombreux et si habiles que le pont fut construit en
moins d'une heure. Un très beau pont de pierre
qui devait résister à toutes les colères du fleuve,
et qui rend encore de nos jours de nombreux
services.

« Voilà, dit le Diable, tu vois que j'ai des
moyens, moi. Et je sais tenir mes pro-
messes. »

Les démons repartis, le Diable s'assit à côté
de la vieille et attendit.

Le soleil était de plus en plus chaud et la
vieille avait de plus en plus soif. Cependant, elle
demeurait sur le banc de pierre, le dos à la
façade de sa maison. De loin en loin, elle mur-
murait :

« C'est bien... Voilà un très beau pont... Il n'y

a plus qu'à attendre pour voir qui passera le premier. »

Le Diable, qui savait combien la soif est difficile à supporter, ne s'impatientait pas. Il surveillait la vieille du coin de l'œil, et il se réjouissait de la voir transpirer à grosses gouttes.

Il y avait bien trois bonnes heures que durait cette attente, lorsque la vieille se leva soudain. Le Diable se réjouissait déjà car la vieille se dirigeait vers le pont. Il la suivit des yeux, mais lorsqu'elle eut atteint la rive, elle s'arrêta, s'accroupit, et se mit à dire d'une toute petite voix très douce :

« Minet, Minet, Minet... Viens vite, mon petit. »

Et le Diable vit alors un vieux chat qui chassait le long de l'autre rive s'engager sur le pont. Il se précipita, mais trop tard. Déjà le chat, qui avait passé le pont en quelques bonds, se frottait contre les jambes de la vieille qui riait en disant :

« Alors ! Te voilà payé ! Est-ce que ça te va, l'âme d'un chat ? »

Et le Diable, qui n'avait pas pris la précaution

de préciser qu'il exigeait une âme humaine, s'en alla l'oreille basse, emportant l'âme du chat qui ne semblait d'ailleurs pas en être le moins du monde affecté.

Les trois rivières
de larmes

Finlande

Il y avait, autrefois, une très belle jeune fille qui habitait, avec sa mère et son jeune frère, une région fertile et paisible où la vie se déroulait sans heurts, comme en un éternel printemps. La neige et le ciel gris des longs hivers n'apportaient aucune tristesse dans leur maison où ils savaient entretenir la joie. Tout semblait devoir durer ainsi jusqu'à la fin des temps, et puis, un matin, le serviteur d'un voisin très célèbre et très riche arriva qui remit à la mère un message portant un sceau de cire aux armoiries impressionnantes.

La mère, qui ne savait pas lire, demanda à son fils de prendre connaissance de cette lettre, et, à mesure que le garçon avançait dans sa lecture, elle vit que son visage pâlissait. Lorsqu'il eut terminé, il déchira le papier. Une grande colère se lisait dans son regard et sa voix tremblait.

« C'est une ignominie, lança-t-il. Notre voisin est si vieux que personne ne saurait dire son âge exact, et voilà qu'il ose demander ma sœur en mariage ! Il se figure donc que sa fortune lui donne tous les droits ! »

Ayant dit, il sortit en claquant la porte et s'en fut marcher dans la neige pour calmer sa fureur.

Lorsqu'il revint, il trouva sa sœur en pleurs. Il l'interrogea, et la jeune fille dit :

« Maman est allée porter sa réponse à notre voisin. Nous sommes très pauvres et notre mère prétend que je dois absolument épouser ce vieillard immensément riche. »

Elle avait du mal à parler tant les sanglots serraient sa gorge. Comme son frère demeurait sans voix, elle finit par ajouter :

« Tu ne dois pas céder de nouveau à la colère.

vallées que séparaient des collines boisées où chantaient les oiseaux.

Le vieil homme riche eut aussi un grand chagrin, mais il ne désespérait pas de retrouver sa fiancée. Persuadé que la richesse peut tout apporter, il fit fabriquer une ligne en or au bout de laquelle un hameçon d'argent retenait un énorme diamant. Confiant, il s'embarqua un soir pour aller pêcher au large des rochers où la belle avait disparu.

Il pêcha jusqu'à l'aube sans rien prendre, mais, à l'instant où le ciel commençait à blanchir, il tira de la mer un poisson fort beau mais qui n'appartenait à aucune espèce connue. Le vieillard s'apprêtait à lancer sa prise dans le vivier de sa barque, lorsque le poisson lui glissa des mains et sauta à la mer. Entre deux vagues, la tête du poisson apparut, sa bouche s'ouvrit, et la voix de la jeune fille monta de l'onde :

« Tu ne m'as donc pas reconnue, dit-elle. Tu m'aurais fait cuire et tu m'aurais mangée. Et pourtant, je suis celle que tu prétendais aimer. »

Le vieillard ne reprit plus sa ligne ni son bateau. Il s'enferma dans sa demeure avec ses trésors inutiles.

Quant à la mère, on ne la vit plus, mais on prétend qu'elle pleure toujours, car, depuis des siècles, les trois rivières n'ont jamais cessé de couler vers la baie où sa fille s'est cachée un matin d'hiver.

trouve bien triste qu'une fille aussi belle que toi reste aveugle. Si tu avais du fiel prélevé sur un saumon vivant, tu t'en frotterais les paupières et tu pourrais enfin regarder le lac et le monde autour de toi. »

La jeune fille regagna la maison, et, lorsque son père fut de retour, elle lui rapporta les propos de celui qui se disait Roi des saumons. Les parents demeurèrent incrédules, mais la mère dit au père :

« Tu vas aller pêcher un saumon, tu lui prélèveras le fiel aussitôt qu'il sera dans ta barque, et si la petite a dit vrai, nous n'aurons pas trop de toute notre vie pour remercier le lac. »

Dès l'aube du lendemain, le père amorça sa ligne et prit le large. Il rama jusqu'au milieu du lac et se mit à pêcher. Il n'y avait pas deux minutes que son fil trempait dans l'eau, qu'il sentit une secousse. Il tira, mais, pliée en deux, sa gaule se mit à vibrer, faisant pencher le bateau qu'une grosse vague fit chavirer. Comme le pauvre homme n'avait pas lâché sa gaule, il se sentit entraîné vers les profondeurs où les rayons du soleil ne pénètrent pas. Dans cette obscurité, il crut d'abord que le lac se vengeait en le faisant

aveugle comme sa fille et il perdit connaissance.

Lorsqu'il revint à lui, il se trouvait dans une immense salle où coulait une lumière verdâtre qui semblait venir à la fois du plafond et des murs sans fenêtres. Il comprit qu'il était au fond du lac, et il fut à peine étonné de pouvoir respirer sans être incommodé par l'eau qui l'entourait.

Un être aussi grand que lui, qui avait un corps de poisson et une tête de beau jeune homme blond, s'en vint à sa rencontre, debout sur sa queue et la nageoire tendue. Le paysan serra cette nageoire tandis que l'être étrange disait :

« Bonjour, laboureur. Je suis le Roi des saumons, et te voilà chez moi. Je suppose que tu es venu pour me prendre de quoi guérir ta petite aveugle ? »

L'homme n'était pas très rassuré.

« C'est que, bredouilla-t-il... on m'avait dit...

— Oui, oui, je sais. Et je suis tout disposé à t'aider, à condition que tu acceptes de me rendre un service. »

Vous conviendrez que, dans la situation où il

se trouvait, le pauvre laboureur n'avait guère le choix.

« Tout ce que vous voudrez, Majesté, dit-il.

— Avant toute chose, toi dont la famille est sur cette terre depuis sept générations, sais-tu au moins comment s'est formé ce lac ?

— Ma foi non, avoua le paysan, personne ne m'a jamais parlé de ça.

— Figure-toi que mon père était roi de ce pays. Or, ma mère étant morte en me mettant au monde, mon père se remaria sept ans plus tard avec une femme qui me détesta dès le premier jour. Un matin que je refusais de lui obéir, elle me frappa de sa baguette magique et me transforma en saumon, me laissant seulement ma tête de garçon. Elle allait me jeter à la rivière qui passait ici en ce temps-là, lorsqu'un terrible tremblement de terre secoua le pays. Le sol s'ouvrit. Une immense crevasse se forma et le château se trouva bientôt au fond d'un lac.

— Quelle histoire ! soupira le laboureur... Et votre père, il ne pouvait rien contre cette mégère ?

— Mon pauvre père fut noyé et, depuis, je suis seul avec cette sorcière qui ne me laisse jamais en paix. Et c'est justement pour me débarrasser d'elle que je te demande ton aide. »

Le Roi des saumons nagea jusqu'à la porte, jeta un coup d'œil vers l'extérieur pour voir si la sorcière n'était pas cachée là, puis, collant sa bouche à l'oreille du laboureur, il expliqua à voix basse :

« Je vais te transformer en sarcelle pour que personne ne s'étonne de te voir sortir du lac et y plonger. Tu iras jusqu'à la lisière du bois qui se trouve derrière ta maison. Tu creuseras la

terre entre les racines du plus grand chêne ;
lorsque tu atteindras une large pierre plate, tu
la soulèveras, et, dessous, tu trouveras un gros
chat noir endormi que tu m'apporteras. »

Le Roi des saumons toucha de sa nageoire le
front du laboureur qui se sentit soudain devenir
tout petit et léger comme une plume. Déjà il
filait vers la porte, puis montait sans effort vers
la surface du lac qui faisait au-dessus de lui
comme un vaste ciel de lumière glauque. Le bec
pointé vers le haut, il creva ce ciel et s'envola. Il
allait à grands coups d'ailes en direction de la
forêt, lorsqu'il aperçut son voisin à l'affût dans
les roseaux. Il allait se diriger vers lui pour lui
demander si la chasse était bonne, lorsqu'il vit
le voisin lever son arc. Un frisson courut tout au
long de son échine, et, se souvenant à temps
qu'il était un gibier, il crocheta d'un coup d'aile,
piqua vers le large et fit un grand détour en scru-
tant la campagne.

Arrivé au pied de l'arbre, il déterra sans peine

le gros matou qui ne se réveilla qu'en arrivant au fond du lac, lorsque le Roi des saumons le caressa de sa nageoire.

Le chat fit le gros dos, s'étira, bâilla en lâchant des bulles d'air qui montèrent se coller au plafond de la pièce où elles restèrent comme autant de perles de lumière.

« Est-ce que tu te souviens de la vieille sorcière ? demanda le Roi des saumons.

— Bien sûr que oui, dit le chat dont le poil se hérissa.

— Comment peux-tu m'en débarrasser ?

— Pas difficile. Je vais la changer en ver de terre, et les poissons la mangeront. »

Et le chat s'en fut s'asseoir tout contre le mur, à côté de la porte. Tranquillement, il se mit à faire sa toilette tandis que le Roi des saumons et le laboureur-sarcelle s'entretenaient de la pluie et du beau temps.

« La pluie ici, disait le Roi, ça n'a pas grande importance.

— Oui, mais pour nous autres cultivateurs... »

Le paysan n'eut pas le temps d'achever sa phrase. La porte venait de s'ouvrir, livrant passage à une épouvantable sorcière. Elle était si laide, elle faisait une telle grimace que l'homme-oiseau faillit s'assommer au plafond en prenant son vol. Fort heureusement les bulles d'air lâchées par le chat étaient toujours là qui amortirent le choc. La sorcière, étonnée et furieuse de voir que son souffre-douleur avait un oiseau pour compagnon, tirait déjà sa baguette magique, lorsque le chat vint se frotter contre sa jambe. À peine l'eut-il touchée qu'elle se désagrégea. Et chacun des morceaux devint un ver de terre. Par la porte restée ouverte, tout un banc de jeunes saumons entra. Et ce fut un festin qui dura bien dix minutes. Lorsque le dernier tronçon de ver fut avalé, les poissons se retirèrent en remerciant leur Roi qui remercia le chat.

Et le chat, à son tour, s'en vint remercier le laboureur-sarcelle qui l'avait tiré du sommeil où il était depuis plusieurs siècles.

« Tu sais, remarqua-t-il, on prétend que les chats aiment beaucoup dormir, et on dit aussi : qui dort dîne. N'empêche que j'ai une faim de loup et que je suis bien content d'être réveillé. »

Comme il se passait la langue sur les lèvres,

une fois de plus le laboureur se souvint qu'il était oiseau. Le Roi qui devina sans doute sa pensée, lui dit :

« Ne sois pas inquiet. À présent, tu n'as plus besoin de rester sarcelle.

— Je préfère, dit le laboureur, car entre les chasseurs et les chats, ça n'est pas drôle du tout d'être oiseau ! »

D'un coup de nageoire, le Roi lui redonna forme humaine, et le chat sauta sur son épaule en disant :

« Emporte-moi chez toi. Je ne suis pas mal ici, mais en hiver, je serai tout de même mieux près de ton feu. Et dans ta grange, il doit y avoir pas mal de souris. »

Tandis que le chat et le laboureur faisaient des projets, le Roi des saumons prenait un petit couteau d'or et s'ouvrait le flanc. Dès qu'il eut tiré du fiel de son corps, la plaie se referma.

« Voilà, dit-il. Va vite. Et que ta fille connaisse tout le bonheur qu'elle mérite. Quant à toi, je crois bien que sa guérison assurera ta fortune. »

Le paysan regagna la surface où sa barque remise à flot par le peuple des saumons l'attendait. Il y prit place avec le chat et rentra chez lui.

Vous imaginez quelle fut la joie des siens qui le croyaient noyé. Mais cette joie ne fut rien à côté du bonheur qu'éprouva sa fille lorsque, s'étant frotté les paupières de son doigt trempé dans le fiel de saumon, elle découvrit enfin la lumière.

Alors, tous les aveugles du pays s'en vinrent et tous furent guéris. Et comme il arrive que des enfants de riches soient aussi frappés de cécité, le laboureur reçut assez d'argent pour pouvoir enfin acheter des terres plus fertiles.

Quant au chat, il devint l'ami de la jeune fille qui épousa un riche fermier des environs.

Et, le soir, quand les gens du village se réunissaient autour du feu, le chat avait toujours la meilleure place. Il écoutait raconter des histoires, et il riait dans sa moustache chaque fois qu'il entendait le chasseur parler d'une sarcelle qu'il avait vue jaillir de l'eau, venir sur lui, crocheter d'un coup, contourner les terres de chasse, et regagner le lac en emportant un énorme chat noir.

Oui, le chat riait sous cape, et il échangeait des clins d'œil avec la sarcelle redevenue laboureur.

Car le Roi des saumons leur avait fait promettre de ne jamais trahir son secret. Je crois qu'ils ont tenu leur promesse, mais je me demande comment cette histoire a pu venir jusqu'à nous...

Le lac qui ne gèle jamais

Écosse

Il y a, en Écosse, un lac qui s'appelle le lac Katrine et dont les eaux ne gèlent jamais.

Même lorsque la température est très basse, même lorsque les rives sont couvertes de givre ou de neige, les vagues continuent de courir à la surface des eaux profondes d'où monte alors un épais brouillard.

Il y a bien longtemps, vivait au bord de ce lac un jeune homme intelligent et travailleur mais qui ne croyait pas en Dieu. Comme tous les

habitants de son village étaient d'une grande piété, on se méfiait de lui et on le méprisait un peu. Sa mère lui disait souvent :

« Tu verras, un jour, tu rencontreras le diable, et si le Bon Dieu ne te vient pas en aide, tu seras perdu. »

Le garçon se contentait de rire en haussant les épaules.

Il s'appelait John, il était cordonnier, et il travaillait tout le jour dans une petite échoppe dont la fenêtre donnait directement sur la plage qui borde le lac.

Parce qu'il faisait des bottes solides et fort belles, en bon cuir et cousues de ligneul bien poissé, on venait de très loin se chausser chez lui. Peu importait qu'il fût mécréant, du moment qu'il travaillait mieux que les autres.

Un matin de décembre, alors que la bise courait sur les eaux grises en soulevant de petites vagues nerveuses toutes frangées d'écume blanche, il vit accoster devant chez lui un long bateau bleu que menait un vieux marinier barbu. Le vieillard demeura sur son banc de nage, mais une jeune fille d'une grande beauté descendit du bateau et se dirigea vers l'échoppe.

Le regard de la jeune fille était si pur, ses cheveux si blonds et sa taille si fine, que John sentit sa gorge se serrer et son cœur battre comme il n'avait jamais battu.

À ces signes, il comprit tout de suite qu'il était amoureux.

Lorsque la jeune fille poussa la porte de son échoppe, c'est à peine s'il put lui dire bonjour tant il était ému.

La jeune fille lui apprit qu'elle était l'unique héritière du seigneur qui possédait toutes les terres de l'autre rive et qu'elle venait pour qu'il prît les mesures de son pied. Elle entendait lui commander six paires de bottines, trois paires de mules et des sandales pour l'été.

Le cordonnier, qui avait beaucoup de travail, se demandait comment il pourrait bien faire pour venir à bout d'une pareille tâche, mais son émoi continuait de lui paralyser la langue. Lorsqu'il retrouva enfin l'usage de la parole, ce fut pour dire, presque malgré lui :

« Belle demoiselle, je ferai tout ce que vous voudrez, car je... je suis...

— Allons, dit-elle, se soyez pas si timide. Et dites-moi ce que vous êtes. »

montagne, alors que le lac fumait au vent de nuit comme une soupe grasse, John prit enfin une décision.

« Demain, se dit-il, avant la messe de minuit j'irai lui rendre sa médaille en lui disant mon désespoir... Non, vraiment, je ne vois pas ce qui pourrait m'amener à croire en Dieu. »

Le lendemain, peu après le coucher du soleil, John s'apprêtait à quitter son échoppe pour traverser le lac, lorsqu'un inconnu entra.

« Si c'est pour que je prenne vos mesures, dit le cordonnier, il est trop tard. Revenez après les fêtes. »

L'inconnu écarta la pèlerine noire qui enveloppait son corps d'une effrayante maigreur, et il rejeta en arrière le capuchon qui couvrait tout le haut de son visage. Il avait un long nez en forme de bec d'aigle, et, au fond de ses orbites, son regard brillait pareil aux braises de l'âtre. Il eut un éclat de rire qui secoua la maison comme l'eût fait une tornade.

« Hé oui, dit-il. Tu m'as bien reconnu. Je suis le diable... Le diable en personne !

— ...

— Tu ne dis rien, mais tu n'en penses pas

moins. Pourtant, je ne suis pas venu te trouver avec de mauvaises intentions. Assieds-toi, et écoute-moi. »

Terrorisé, le cordonnier se laissa tomber sur son tabouret de travail tandis que le diable allait s'asseoir sous le manteau de la cheminée. Sans quitter des yeux le pauvre John, le diable prit à pleines mains des charbons ardents et se mit à les croquer comme vous croqueriez des bonbons. Lorsqu'il en eut mangé une dizaine, pour se désaltérer, il vida d'un trait le pot de colle bouillante.

« Ah ! fit-il, fameux réveillon ! Tu n'en veux pas un peu ? »

Le cordonnier fit non de la tête et le diable se frotta les mains en disant :

« Tu ne sais pas ce qui est bon... Enfin, je ne suis pas venu de si loin pour parler cuisine. Voici ce qui m'amène. Figure-toi que j'ai besoin de l'âme d'une jeune fille pure. Je te propose un marché. Je te donne autant d'or que tu en voudras, à condition que tu épouses celle que tu aimes. Quand tu l'auras épousée, tu lui révéleras que tu es toujours mécréant, et tu t'arrangeras pour qu'elle cesse de croire en Dieu. »

Comme si on l'eût fouetté avec des ronces, John se leva d'un bond, empoigna son tranchet, et marcha sur le diable en criant :

« Sors d'ici, sors d'ici ou je vais découper des semelles de bottes dans ta peau recuite ! »

Le rire du diable secoua de nouveau l'échoppe.

« Pauvre naïf ! Tu crois donc qu'on peut tuer le diable !... mais non. Rien ne peut m'atteindre. Tiens, regarde ! »

D'un geste rapide comme l'éclair, il arracha le tranchet de la main du cordonnier, se transperça le bras sans qu'il en sortît une goutte de sang, puis il avala cette lame d'acier comme il avait fait des charbons ardents.

« Tu vois, ricana-t-il, tu ne peux rien contre moi... Personne ne peut rien... Je suis toujours le maître du monde. Et ceux qui ne se plient pas à ma volonté sont châtiés.

— Si tu es le maître, pourquoi as-tu besoin de moi ? » demanda le cordonnier.

Le diable parut embarrassé par cette question. Il toussa un peu pour se donner le temps de trouver une réponse, puis il dit :

« Je n'ai pas besoin de toi. Je voulais seulement faire ta fortune. Réfléchis, je repasserai dans une heure pour connaître ta décision. »

Et, soulevant sur ses talons un nuage de fumée noire qui sentait le soufre, il disparut.

Le cordonnier retourna s'asseoir, et, les coudes sur son établi, la tête dans ses mains, il se mit à réfléchir. Peut-être eût-il fini par se laisser aller à attendre le retour du Malin, nul ne le sait, mais regardant la médaille que lui avait laissée la jeune fille, il retrouva soudain tout son courage.

Après avoir couvert son feu, il sortit et se dirigea vers le lac.

La bise courait toujours, et, de loin en loin, la lune lançait un regard par une déchirure des nuées. Le lac miroitait, débarrassé de sa brume, tout parcouru de frissons d'argent.

Lorsqu'il eut atteint le bord de l'eau, John constata que sa barque avait disparu. Sa barque et tous les autres bateaux de cette rive. Il comprit tout de suite que c'était le diable qui lui avait joué ce mauvais tour, et il se lamentait à l'idée de ne pouvoir traverser le lac avant minuit. Il piétinait de rage sur la rive, maudissant le Malin, et il en vint à demander à la sainte patronne du lac de lui venir en aide.

C'est ce qu'elle fit d'ailleurs sans se faire beaucoup prier, car l'eau cessa de bruire dans les roseaux, et une épaisse couche de glace se forma. John, qui avait de bonnes chaussures ferrées, s'élança et traversa le lac en courant.

Dès qu'il eut touché la terre de l'autre rive, la glace disparut et le chant de l'eau reprit tandis que sonnait le premier appel des cloches pour la messe de minuit.

Aucun doute n'était plus possible : la sainte patronne du lac avait fait pour lui un miracle.

Le cordonnier gagna l'église où l'attendait le seigneur qui lui accorda sans hésiter la main de sa fille.

Ils assistèrent à l'office, puis, dans la vaste salle du château, devant l'immense cheminée où brûlaient deux troncs d'arbres, ils prirent place à la table du réveillon.

« Dis-moi, mon garçon, demanda le seigneur, est-il vrai que tu t'es engagé à ne plus chausser que ma fille ?

— C'est vrai, avoua le cordonnier.

— Pourtant, à tes moments perdus, si tu pouvais me confectionner une paire de bottes... »

Non seulement John accepta de chausser toute la famille, mais, parce qu'il aimait beaucoup son métier, il se mit à faire des souliers pour tous les enfants pauvres du village. Il travaillait uniquement pour son plaisir, et sa femme éprouvait une grande joie à distribuer elle-même des souliers à ceux qui n'avaient souvent que des sabots percés.

Quant au diable, on ne le revit jamais sur les rives du lac Katrine, et il paraît même qu'il n'aime pas du tout que l'on raconte cette histoire.

La vieillesse
du Roi des caïmans

Sénégal

Un jour que je remontais en pirogue le Sénégal, une crue subite me contraignit à demander l'hospitalité au chef d'un petit village. Je fus fort bien accueilli par toute la tribu, car c'était une époque où peu d'hommes blancs venaient dans cette contrée. Les femmes de cette tribu savaient admirablement préparer le poisson, le couscous et les galettes de mil, si bien que le séjour était très agréable.

Comme je n'avais pas grand-chose à faire, je

me promenais souvent au bord du fleuve dont les eaux boueuses charriaient d'énormes troncs d'arbres. Le chef, qui parlait assez bien le français, m'avait dit que les bêtes sauvages ne s'aventuraient guère aux alentours des huttes et que je pouvais aller sans risque de mauvaises rencontres.

Pourtant, un soir, alors que la nuit approchait, croyant m'asseoir sur une racine sortant du sable, je sentis que mon siège se soulevait tandis qu'une grosse voix enrouée disait :

« Oh ! là, tu pourrais dire bonjour, toi, avant de prendre place comme ça sur mon crâne. Tu n'es pas très poli, mon garçon ! »

Je venais de m'asseoir sur la tête d'un caïman.

Inutile de vous dire que je fus vite sur pied. Des pieds qui touchaient à peine le sol alors que je bondissais en direction du village.

Derrière moi, il me sembla bien entendre la grosse voix qui m'appelait en riant, mais je ne pris même pas le temps de me retourner.

Lorsqu'il me vit arriver chez lui essoufflé et couvert de sueur, le chef du village me demanda ce qui m'était arrivé.

« Figurez-vous que je me suis assis par

mégarde sur un caïman... Et, qui plus est, un caïman qui parle ! »

Le chef se mit à rire.

« Ah ! dit-il, c'est l'ancien Roi des caïmans.
C'est un pauvre vieux rejeté par son peuple. Il
est venu se réfugier ici. Il n'a plus de dents et
nous le nourrissons avec de la viande hachée.
C'est tout ce qu'il peut manger. Mais il est gentil. Il s'amuse à promener les enfants sur son dos
et il leur raconte des histoires de l'ancien
temps. »

Mettez-vous à ma place. Il y avait tout de
même de quoi être étonné.

Voyant sans doute que je n'étais pas totale-
ment rassuré, le chef demanda à sa femme de
préparer cinq à dix kilos de gazelle hachée, il les
enveloppa dans une large feuille de palétuvier
géant, et il me tendit le tout en disant :

« Va lui porter ça. Il sera content, et il te
racontera probablement sa propre histoire. »

Je retournai donc trouver le vieux caïman qui
s'était déjà rendormi. Cette fois, au lieu de
m'asseoir bêtement sur son crâne, je le réveillai
en posant la viande devant son nez.

Il bâilla, ouvrant toute grande sa gueule édentée, puis, tout en mangeant sa viande, il me dit :

« Excuse-moi. Je t'ai fait peur. Mais je n'avais pas vu que tu n'étais pas du pays. Sinon, je n'aurais pas bougé. »

J'étais confus. Et, pour me faire pardonner, je commençai par lui demander des nouvelles de sa santé.

« À part les dents, me confia-t-il, ça ne va pas trop mal. Mais c'est le moral qui est toujours très bas. Quand les enfants du village sont là, le temps me paraît moins long, mais, dès qu'ils sont à l'école, je me remets à penser au passé, et j'ai un peu le cafard. Forcément, quand on a été le roi de tout un peuple et qu'on n'est plus rien, la vie n'est pas drôle.

— Plus rien, mais comment ? Ton peuple t'aurait-il rejeté ?

— Parfaitement, dit-il. Mais je n'ai pas à récriminer. Un roi ou un président de la république qui se comporte comme un pauvre naïf, il est tout naturel que son peuple le rejette. »

Comme tous les vieillards, celui-là aimait à raconter. À présent qu'il était lancé, je n'avais plus à poser de questions. Assis sur le sable alors que le vent de nuit se mettait à courir sur le fleuve, je l'écoutai raconter son histoire.

« Figure-toi, commença-t-il, que j'ai été roulé par un fichu animal de singe pas plus gros qu'une noix de coco, mais malin... malin comme un singe. C'était précisément un jour comme aujourd'hui, où le fleuve avait monté d'un coup. Je me trouvais en amont d'ici, couché sur la rive, immobile, à regarder un singe qui faisait ses singeries dans les plus hautes branches d'un arbre très incliné au-dessus du fleuve. Je me disais : toi, si jamais tu tombes à l'eau, tu n'auras pas le temps d'en sentir la température, que déjà je t'aurai avalé. Cet animal avait dû me voir et deviner mes pensées (entre nous, ce n'était pas bien difficile), car il faisait des cabrioles insensées. Il voltigeait d'une branche à l'autre, se suspendait par une main, par la queue, par un pied, enfin, tout ce qu'un singe peut imaginer. Moi, toujours sans broncher, j'attendais. Et, ce qui devait arriver arriva : une branche trop faible qui casse, et voilà mon singe qui dégringole.

« Je me précipite, je me mets à nager, et qu'est-ce que je vois ? Je te le donne en mille : cet animal, par une chance incroyable, était

tombé dans le branchage d'un arbre déraciné et que le fleuve emportait vers la mer. Tu imagines la tête que j'ai pu faire en le voyant de nouveau perché à plusieurs mètres au-dessus de l'eau et qui me narguait en m'adressant toutes sortes de grimaces.

« Sur le coup, j'étais furieux, mais j'ai vite compris ce qu'il fallait faire. J'ai appelé à l'aide quelques-uns de mes sujets, et, à voix basse, je leur ai expliqué mon plan. Je leur ai dit :

« "Il faut à tout prix éviter que l'arbre ne vienne s'échouer sur la rive. Poussons-le au large. Et, si nous pouvons le mener jusqu'à l'île qui se trouve en aval, il s'échouera, et nous finirons bien par obliger ce singe à descendre."

« Sitôt dit, sitôt fait, voilà que mes sujets se mettent à pousser l'arbre vers l'île. Tout d'abord, le singe paraît effrayé, puis, voyant s'approcher un banc de terre planté d'arbres, il se figure que c'est la rive droite, et il se croit sauvé. Aussitôt son radeau échoué, le voilà qui bondit, s'accroche aux branches les plus proches et grimpe vers les hauteurs en criant :

« "Viens me chercher si tu en es capable, Roi des caïmans. Tu croyais me tenir, mais tu peux toujours courir. Je suis plus leste et plus malin que toi."

« Moi, je prends tout mon temps. Je m'allonge sur le sable, je m'étire un peu, je bâille, et, tranquillement, je réponds :

« "Tu te crois sauvé, vilain singe. Mais te voilà prisonnier... Tu es dans une île... Et cette île... Et cette île appartient à mon peuple. Personne ne viendra te délivrer !"

« Sautant d'une cime à l'autre, le singe fait le tour de l'île, revient au-dessus de moi et reste un long moment à réfléchir. Moi, voyant qu'il ne bronche pas, je me dis qu'il doit être paralysé de frayeur et que sa viande risque de tourner à l'aigre. Il faut donc lui parler pour l'occuper.

« "Dis donc, au lieu d'attendre et de mourir de faim, tu ferais mieux de descendre. Tu sais bien que mon peuple est patient. Nous sommes des milliers et des milliers. Nous pouvons nous relayer sur cette île à te guetter aussi longtemps qu'il le faudra."

« Le singe descend de quelques branches pour parler plus à l'aise, et il me lance :

« "Des milliers et des milliers, voilà qui reste à prouver. Seul le peuple des singes est aussi nombreux. Vous autres, vous êtes une espèce en voie de disparition."

« Entendre des choses pareilles quand on est le Roi des caïmans, évidemment, ça ne fait pas plaisir. Blessé dans mon orgueil de souverain, je lui réponds que s'il tient à s'en assurer avant de mourir, je suis prêt à lui prouver que mon peuple se compte par centaines de milliers.

« "C'est entendu, me dit-il. Je descendrai pour compter, mais tu dois me promettre de ne pas me toucher avant que je sois arrivé à compter cent mille. Et si tu n'arrives pas à réunir cent mille caïmans, je serai libre."

« Moi, certain que mon peuple était innombrable, je n'hésite pas à accepter le marché. Je t'avoue même que ça m'arrangeait, parce que je ne sais pas très bien compter et que je n'avais pas pu faire de recensement depuis des années.

« J'envoie donc quelques jeunes vers l'aval et vers l'amont, en leur donnant pour mission de rassembler mon monde autour de l'île. Ils étaient tous très bons nageurs et il ne leur fallut pas longtemps pour accomplir leur mission. Moins d'une heure plus tard, l'île était couverte

et, tout autour, le fleuve n'était que bouillonnement.

« "Alors, petit singe, est-ce que tu comptes,
oui ou non ?"

« Sans se presser, le singe descend le long du
tronc, et il me regarde avec un air apitoyé.

« "Pauvre Roi, me dit-il. Tu as encore un
bon nombre de sujets, mais la discipline, ils ne
savent pas ce que c'est. Comment veux-tu
compter des caïmans qui n'arrêtent pas de
remuer et qui ne sont même pas capables de
s'aligner ?"

« Il avait raison, même une machine à calcu-
ler n'aurait pu venir à bout d'un pareil travail
dans de telles conditions. Je décide donc de faire
aligner mes sujets.

« "Tu en fais mettre un au pied de cet arbre,
me dit le singe, puis un autre à côté de lui, puis
encore un autre. Et moi, je monterai sur leur dos
et je compterai à mesure qu'ils prendront
place."

« C'était une bonne méthode. Je commence
donc à faire aligner mon peuple, pas fâché du
tout de prouver à cet animal que mes sujets sont

bien disciplinés. Et voilà le singe qui se met à sauter d'un dos à l'autre en comptant :

« "Un, deux, trois, quatre..."

« Arrivé à vingt-cinq, il était déjà sur la berge de l'île et mes sujets commençaient à s'aligner dans l'eau. Pas effrayé du tout en apparence, le singe continue à sauter. Moi, je reste sur l'île pour donner les ordres et faire avancer les familles l'une après l'autre. Et le singe compte toujours, sans se tromper. Arrivé à cent, j'avoue que je ne le suis plus très bien, parce que je m'embrouille dans les dizaines et les centaines. Mais le plus jeune de mes fils qui vient juste de terminer ses études est à côté de moi.

« "Ça va, me dit-il, ce singe compte très bien. Tu peux lui faire confiance."

« De temps en temps, le singe s'arrête et se retourne pour crier :

« "Nous n'en sommes qu'à deux mille (ou à trois mille), tu n'arriveras jamais à faire cent mille !"

« Moi, je regarde derrière moi, et, voyant que les familles continuent d'arriver en rangs serrés aussi bien de l'aval que de l'amont, je suis bien tranquille. Je lui crie :

« "Va toujours ! Et ne t'inquiète pas. Je suis bien certain que nous dépasserons le million !"

« Le singe se remet à compter et, pour piquer mon orgueil et détourner mon attention, il continue de répéter à tout bout de champ que je me suis trop avancé, que je n'ai aucune idée des chiffres, que mon peuple finira par disparaître de la terre... que sais-je encore ? Un tas de choses qui ne font que m'agacer. Et moi, pauvre naïf pétri d'orgueil, je ne vois même pas qu'à force d'aligner du monde, je suis en train de faire une véritable route flottante à ce misérable.

« Je continue de crier à mes sujets :

« "Dépêchez-vous donc, bande de traînards, qu'on en finisse avant la nuit avec ce sacré singe de tous les diables !"

« Quand je comprends enfin ce qui se prépare, il est trop tard. Quelques mètres seulement séparent encore le singe du rivage. Je crie de toutes mes forces :

« "Attrapez-le, il va nous échapper !"

« Mais c'est une très vieille femelle qui se trouve tout au bout de la file. Le temps qu'elle réagisse, le singe a déjà bondi sur le sable et commence à grimper au tronc d'un bananier. La pauvre vieille a tout juste pu lui couper la queue et lui arracher une touffe de poils.

« "Malheur, me dit mon fils, nous sommes déshonorés !"

« Et c'est vrai. Tout mon peuple assemblé se presse autour de l'île. C'est presque la révolution.

« Tu sais, je crois que j'ai eu de la chance de m'en tirer à si bon compte. Ils ont voté, et ils m'ont envoyé en exil tout seul sur cette plage où les gens du village ont eu pitié de moi. Car les premiers temps, je versais des larmes à longueur de journée. Tu vois, la seule chose qui me console un peu et qui me fait rire de temps en temps, c'est de voir ces vilains singes sans queue et qui ont le derrière tout pelé. On les appelle des mandrilles. Ce sont tous des descendants de celui qui s'est si bien moqué de moi. Ils font beaucoup rire les enfants, et j'espère bien qu'ils porteront cette marque jusqu'à la fin des temps. »

La mort
d'un fleuve

Libye

Lorsqu'on parle des fleuves, on s'intéresse toujours à ceux qui existent, mais on oublie trop volontiers ceux qui n'existent plus. Vous me direz qu'il paraît tout naturel d'aller chercher de l'eau à la rivière plutôt qu'au cœur d'un désert aride, je vous l'accorde, mais tout de même, il est permis de se demander pourquoi certains pays sont parcourus par de nombreux cours d'eau, alors que d'autres comptent à peine quelques ruisseaux.

117

Je me suis posé la question jusqu'au jour où un vieil Arabe de Tripolitaine m'a raconté comment est né l'immense désert de Libye.

Je suppose que vous avez tous appris la langue arabe, mais pourtant, par prudence, je préfère vous traduire son récit :

« Tu es étonné, me dit-il, que notre pays soit aussi désertique ; eh bien, figure-toi qu'il n'en était pas de même autrefois. Et quand je dis autrefois, je ne te parle pas d'avant-hier. Je te parle d'une époque que je n'ai pas connue. Ni moi, ni mon père, ni son père, ni même l'arrière-grand-père de son grand-père. Et comme nous vivons tous très longtemps dans la famille, c'est te dire que mon histoire remonte à des millénaires.

« Bon, peu importe, nous n'en sommes pas à mille années de plus ou de moins. Ça ne change rien au problème, car tu peux voir que le désert est plus sec que la voûte d'un four.

« En ces temps reculés, donc, il y avait en plein cœur du pays un fleuve, qui descendait des hautes montagnes de l'Afrique centrale, et qui était aussi large et plus profond encore que le Nil. Bien entendu, il fertilisait les terres d'alentour, le pays était peuplé de paysans, de bateliers et de pêcheurs ; de grandes forêts couvraient des hectares et des hectares. Ce fleuve, dont tout le monde a oublié le nom tant il y a longtemps qu'il n'existe plus, ce fleuve était si profond que même les bateaux de mer arrivaient à remonter son cours jusqu'aux environs de Koufra. Les paysans et les marins d'eau douce les regardaient passer avec envie en rêvant de beaux voyages lointains.

« Or, un jour, ce ne fut pas un bateau qu'ils virent remonter lentement le courant, mais un poisson noir. Un poisson plus grand que le plus grand bateau jamais vu et, paraît-il, plus haut qu'une maison.

« Tout d'abord, ils se demandèrent s'il ne s'agissait pas d'un mirage, mais non, plus le poisson approchait, plus il ressemblait à un poisson. Ils se demandèrent alors si cette bête n'était pas un monstre marin poussé jusque-là par une faim terrible et prêt à tout dévorer sur son passage. Et pourtant, le poisson qui avait une toute petite bouche et de grands yeux verts semblait tout gentil. Il allait son petit bonhomme de chemin, glissant sur l'eau sans même soulever de vagues.

En somme, c'était un poisson bien élevé qui ne voulait pas déranger les riverains.

« Cependant, lorsque le poisson se fut rapproché, les paysans constatèrent que, à l'ombre de sa nageoire dorsale, un hamac était installé où se prélassait une grande fille brune aux longs cheveux noirs. Et cette jeune fille était si belle, les bijoux qu'elle portait étincelaient de tels feux qu'ils en oublièrent presque l'énorme poisson.

« Naturellement, il ne fallut pas longtemps pour que la nouvelle s'éloigne des rives et grimpe jusqu'aux oreilles du Sultan qui habitait un château au sommet d'une montagne. Le Sultan dit à son fils aîné :

« "Si cette étrangère est si belle qu'on le prétend, si elle porte tant de bijoux étincelants, elle est certainement la fille d'un roi. Et si elle vient ici, c'est qu'elle n'a pas trouvé à se marier en son pays. Va donc voir si elle ne ferait pas une bonne épouse pour toi."

« Le fils du Sultan fit seller son plus beau cheval et partit au grand galop.

« Dès qu'il eut atteint la rive, il comprit qu'il ne lui serait sans doute jamais donné de rencontrer aussi merveilleuse créature. Alors, se dressant sur ses étriers d'or, il salua du sabre en criant :

« "Princesse aux cheveux de jais, je suis le fils du Sultan, je suis venu te demander ta main."

La jeune fille se leva, fit un geste gracieux de son bras et répondit en souriant :

« "Tu es très aimable, mais je suis déjà fiancée. Je suis simplement venue faire une petite promenade. Adieu, beau jeune homme, et dis à ton père que son pays est parmi les plus riants que je connaisse."

« Furieux d'être éconduit, le fils du Sultan va conter sa mésaventure à son père qui entre dans une terrible colère.

« "Comment ? hurle-t-il. Cette créature ose se promener chez moi et refuser sa main à mon fils qui sera Sultan un jour ! C'est un crime de lèse-majesté. Je veux moi-même lui tendre un piège. Je veux assister à sa capture et à celle de ce fabuleux poisson que nous mangerons."

« Un ministre qui avait vu le poisson noir fit observer que l'on aurait bien du mal à le manger tout entier, mais le Sultan n'écoutait plus personne. Déjà il enfourchait son cheval et par-

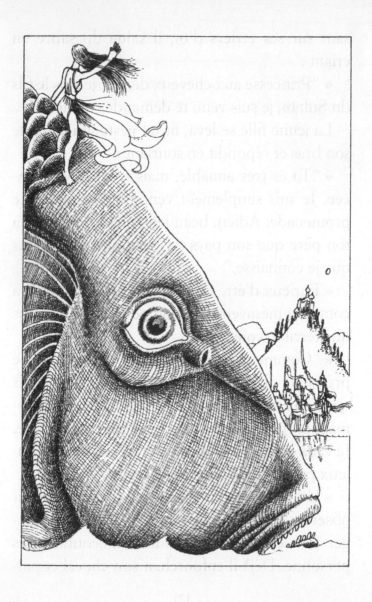

tait à la tête de sa garde personnelle, composée des cent meilleurs guerriers de son royaume.

« Lorsqu'il vit le poisson, il comprit qu'il était inutile de chercher à le capturer au milieu du fleuve. Comme il y avait là une rivière qui venait se jeter dans le fleuve, il décida de l'inviter à s'y engager.

« "Belle princesse, cria-t-il, je suis le Sultan. Je suis désolé que tu ne puisses épouser mon fils, mais je tiens malgré tout à te remercier de ta visite. Viens jusqu'ici, engage ta monture dans cette rivière, et je te donnerai des pierres précieuses en souvenir de cette vallée que tu me fais la grâce de trouver à ton goût."

« Sans méfiance, la jeune fille donna l'ordre au poisson noir de remonter le cours de la petite rivière à peine assez large pour ses flancs rebondis. Dès qu'il y fut engagé, les gardes du Sultan, aidés de quelques pêcheurs, lancèrent un filet pour lui couper la retraite. Mal leur en prit ! Dès qu'elle eut compris ce qui se passait, la jeune princesse poussa un cri et se cramponna des deux mains à la nageoire dorsale.

« Et ce fut comme un cataclysme !

« L'énorme poisson battit de la queue et les

123

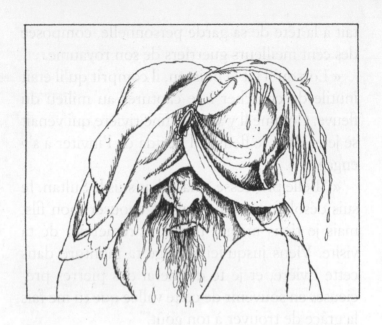

hommes furent projetés en l'air si loin que certains retombèrent sur l'autre rive du fleuve. Quant au filet, n'en parlons pas, pour ce poisson-là, il n'était pas plus gênant que pour nous autres une toile d'araignée.

« Dès que sa monture eut repris le large, la princesse lança au Sultan qui était trempé jusqu'aux os :

« "Sultan, tu viens de perdre ton pays et ton peuple. Tu peux faire savoir aux gens de ton royaume qui vivaient du fleuve que le paradis sur terre est terminé pour eux. Tu as voulu me priver de ma liberté, ma vengeance sera terrible."

« Dès qu'elle eut achevé, elle reprit place dans son hamac et donna l'ordre au poisson noir de continuer à remonter le fleuve.

« Effrayé par les propos de la princesse, le Sultan imagina qu'elle allait déclencher une terrible crue qui dévasterait le pays. Il donna donc l'ordre aux populations de s'éloigner du rivage au plus vite.

« Ce fut un long exode, et le Sultan lui-même quitta son château.

« Pourtant, la vengeance de la princesse fut plus terrible encore qu'il ne l'imaginait. Toujours sur son poisson, elle remonta le fleuve jusqu'à sa source. Là, on ne sait trop comment, elle ouvrit une espèce de cratère au flanc de la montagne. Et l'eau s'engouffra si bien dans cette crevasse, que, rebroussant chemin, le fleuve se mit à couler comme s'il venait de la mer. On dit qu'il coula ainsi durant sept jours et sept nuits, puis le soleil acheva de boire les quelques flaques d'eau qui demeuraient au fond de son lit.

« Peu à peu, au long des siècles, le vent devait combler ce lit en poussant les sables du désert.

« Et tu vois, aujourd'hui, la terre est si nue, si sèche que l'on ne sait même plus où passait le fleuve. Mais si quelqu'un te dit que cette histoire n'est pas vraie, tu demanderas comment il se fait qu'on découvre parfois, dans le sable, des pierres où dorment des formes de poissons ou de coquillages. »

La petite fille
de l'étang

Madagascar

Vous êtes-vous déjà demandé comment il peut se faire que des êtres de chair et d'os, des êtres comme vous et moi, des garçons et des filles passent leur existence au fond de l'eau ?

Moi, je me suis toujours demandé d'où cela pouvait bien venir. Toujours, jusqu'au moment où j'ai entendu parler de Fara, la petite fille de Madagascar qui avait trouvé un œuf de bœuf. Parfaitement, un œuf dans lequel il y avait un bœuf.

Mais l'histoire n'est pas aussi simple. Écoutez plutôt.

Un matin du mois de mai, les trois filles d'un fermier sortent de chez elles pour s'en aller à l'école. Elles en sont à suivre le chemin qui longe le grand étang, lorsque l'aînée aperçoit dans les roseaux un nid de poules d'eau. Elle s'en approche, et, comme il y a trois œufs abandonnés, elle dit :

« Voilà, nous aurons chacune un œuf. Si nous les donnons à couver à la grosse poule noire, nous aurons chacune une poule d'eau. »

La deuxième, qui a toujours été très gourmande, dit :

« Moi, je ne ferai pas couver mon œuf, je le ferai cuire et je le mangerai pour mon goûter. »

Les deux plus âgées se mettent à se chamailler tandis que la plus petite, qui n'avait soufflé mot, prend le troisième œuf et le jette dans l'eau grise de l'étang.

Aussitôt, la colère de ses sœurs se tourne contre elle.

« Qu'est-ce que tu as fait, petite malheureuse, tu as jeté ton œuf à l'eau !

— Si tu n'en voulais pas, il fallait nous le donner.

— Moi, je l'aurais mangé.

— Moi, je l'aurais fait couver par la poule noire. »

Mais la petite ne répond même pas. Elle regarde l'œuf qui flotte entre les roseaux, elle lui adresse un petit signe de la main et lui dit :

« Au revoir, œuf, je viendrai demain pour voir l'oiseau que tu vas me donner. »

Toute la journée, les deux aînées se moquent de la petite et montrent leurs œufs à leurs amies en disant :

« Cette petite cruche a jeté le sien dans l'eau. Et à présent, elle n'a plus rien. »

À la fin de l'après-midi, arrive ce qui devait arriver. À force de montrer leurs œufs, les deux aînées les laissent tomber dans la cour de l'école.

« Vous voyez, dit la petite, si vous les aviez jetés à l'eau, ça ne serait pas arrivé. Demain matin, vous viendrez avec moi, et vous verrez le bel oiseau qui sortira de mon œuf. »

Et le lendemain, dès la première heure du

jour, les trois sœurs sont au bord de l'étang. L'œuf est toujours à la surface où traîne encore la brume blonde de l'aurore. Il est là, et, dans le silence, on entend un petit toc-toc à l'intérieur de la coquille.

« Alors, œuf, tu me donnes mon oiseau ? » demande la petite Fara.

Et la coquille jaune s'ouvre en deux. Quelque chose en sort qui ne ressemble pas du tout à un oiseau, mais à un bœuf. Hé oui, c'est un tout petit bœuf avec ses cornes et son museau. Il se met à souffler très fort en barbotant comme un canard.

« Ça alors, disent les trois fillettes, quelle histoire ! »

Mais elles ne sont pas encore au terme de leur surprise, car le bœuf miniature se met à grossir, grossir, grossir, pour atteindre bientôt la taille des grands bœufs sauvages qui paissent en troupeau sur tout le plateau.

« Vous voyez, dit Fara beaucoup moins étonnée que ses sœurs, si vous aviez fait comme moi, vous auriez des bœufs. »

Et le bœuf fait oui de la tête en continuant de souffler dans l'eau pour faire des bulles.

131

« Au revoir, lui crie la petite, je reviendrai en sortant de l'école.

— C'est ça, répond le bœuf, et tu monteras sur mon dos pour te promener dans l'eau. »

À la fin de l'après-midi, Fara revient et ses sœurs la voient s'éloigner sur le dos du bœuf qui traverse l'étang où se reflètent les rougeurs du couchant.

De retour à la maison, les deux aînées profitent d'un moment où Fara est occupée à ses devoirs pour tout raconter aux parents.

« Qu'est-ce que vous chantez là, dit le père furieux, un bœuf dans un œuf, un bœuf qui parle, est-ce que vous vous moquez de nous, par hasard ? »

Les petites savent bien que les parents ne veulent jamais croire ce qui leur paraît extraordinaire, et pourtant elles insistent tant et tant que les parents finissent par leur promettre de les accompagner au bord de l'eau dès que Fara sera endormie.

Arrivés sur la rive, les parents essaient d'appeler le bœuf, mais tout luisant de lune, l'étang demeure sans une ride.

« Vous vous êtes moquées de nous, dit le père, vous serez sévèrement punies ! »

Mais l'aînée des filles se met à appeler le bœuf. Et parce que sa voix est aussi fraîche que celle de Fara, le gros animal sort de l'eau et s'en vient sans méfiance jusqu'à la rive. Dès qu'il a posé un sabot sur la terre ferme, voilà qu'il se sent pris au cou par la corde que vient de lancer le père. Il a beau se débattre, le père des petites sait très bien comment on doit s'y prendre pour immobiliser un bœuf. Et le pauvre animal se met à crier :

« Fara, petite Fara, viens à mon secours !

— Tu peux crier, dit le père qui n'est plus surpris du tout, je saurai bien te faire taire. »

Et, ayant assommé le bœuf avec un énorme gourdin, il le saigne et le ramène à la maison.

Le lendemain, apprenant que son ami est mort et que ses parents ont commencé de le manger, Fara s'enfuit en courant jusqu'au bord de l'étang. Là, elle supplie les eaux grises de lui donner refuge. S'avançant lentement parmi les roseaux et les joncs, elle disparaît bientôt.

Depuis lors, elle vit heureuse au fond de

l'étang, et quelques voyageurs attardés la voient parfois sortir de l'eau, pour jouer un moment avec les grands bœufs sauvages qui viennent boire lorsque les hommes féroces sont endormis dans leurs maisons bien closes.

Les trois torrents

Mexique

Il y avait, autrefois, dans un petit village du Mexique, une pauvre veuve qui avait trois fils. Pour les élever, elle avait tant et tant travaillé, que ses forces s'en étaient allées comme s'épuise l'eau d'une source par les longues sécheresses. Son corps était maigre, tout recuit de soleil, et son dos si courbé qu'on eût dit qu'elle avançait écrasée par un lourd fardeau.

Lorsque ses enfants eurent respectivement

dix, onze et douze ans, l'aîné qui était fort et adroit de ses mains lui dit :

« Maman, tu as assez travaillé pour nous. À présent, mon tour est venu. Et bientôt mes frères s'y mettront aussi. Je vais quitter ce village où je ne trouverai jamais d'emploi sérieux. À la ville, je pourrai certainement m'embaucher sur un chantier. »

Il avait envie de devenir maçon. Sa mère le savait depuis longtemps. Elle le laissa partir.

L'aîné se mit donc en route, un petit balluchon sur l'épaule et un bâton à la main. Il marcha plusieurs jours, traversa des villages inconnus, puis, comme la ville n'était toujours pas en vue, il se mit en quête d'une besogne qui lui permît de manger un peu.

Mais le pays était pauvre, la nourriture très rare et il ne trouva rien. Il commençait à désespérer, lorsqu'il eut la chance de rencontrer saint Joseph. Je dis que c'était une grande chance parce que saint Joseph n'a pas dû habiter le Mexique très longtemps. Toujours est-il que saint Joseph, qui est un brave homme, lui donna de l'eau, du pain et des figues. Puis il dit :

« J'ai mon jardin à bêcher. Si tu veux t'y

mettre sérieusement, tu en as pour trois ou quatre jours. Ensuite, je te confierai une lettre que tu porteras à mon ami saint Pierre. Il te donnera une réponse que tu me rapporteras, et là, je te promets une belle récompense. »

L'aîné, qui était plein de bonne volonté, se mit au travail. En trois bonnes journées, le jardin était retourné et propre comme un sou neuf.

« On dirait que tu as été jardinier toute ta vie, remarqua saint Joseph en riant dans sa barbe. C'est très bien, mon garçon. À présent, voici la lettre. Tu n'as qu'à marcher toujours dans la direction du levant sans t'occuper des routes et des chemins. Tu trouveras saint Pierre qui t'attend sur un rocher. »

Le garçon mit la lettre dans sa poche, prit son balluchon qui contenait des vivres pour dix jours et s'en fut vers la direction où le soleil se lève.

Il atteignit bientôt un désert qu'il parcourut en une journée et une nuit. À l'aube, il s'arrêta pour manger, puis, reprenant sa route avec courage, il marcha un peu plus d'une heure. Là, il fut arrêté par un torrent qui traversait le désert en allant du nord au sud. Il commença par étancher sa soif, se lava, emplit sa gourde d'eau fraîche, puis tenta de gagner l'autre rive. Mais le courant était trop vif, et l'eau, au milieu du torrent, plus profonde qu'il n'y paraissait. Fort heureusement, il trouva sur la rive une grosse pierre qu'il réussit à faire rouler au milieu du torrent. C'était la seule pierre de ce désert, et le garçon se dit qu'il avait bien de la chance.

Sur l'autre rive s'ouvrait un autre désert pareil à celui qu'il venait de traverser. L'aîné s'éloigna résolument du cours d'eau et continua sa progression vers l'est.

Il marcha ainsi encore une journée et une nuit, puis, à l'aube, il se trouva devant un autre torrent. Là encore il se lava, but, emplit sa gourde et essaya de traverser. Mais ce torrent était aussi vif et aussi profond que le premier. Le garçon regarda autour de lui ; hélas ! ici, il n'y avait que le sable nu.

Fatigué, un peu découragé aussi, il s'assit sur ses talons, au bord de l'eau qui chantait, et se mit à réfléchir.

Il réfléchit un long moment, comme ça, tout seul sous le soleil de plus en plus chaud. Il pensait à sa mère et à ses frères. Il avait grande envie de faire demi-tour, mais le vent de sable se leva. Pour s'en protéger, il s'enveloppa dans son manteau et se recroquevilla si bien que le vent finit par le changer en pierre.

Les jours, les semaines, puis les mois passèrent. Saint Joseph se faisait du souci. La mère et les deux frères, dans leur village, étaient inquiets de n'avoir aucune nouvelle de l'aîné. Enfin, au terme d'une année, le cadet qui avait grandi et pris des forces dit à sa mère :

« Mon tour est venu. Je vais partir chercher du travail, et par la même occasion, je retrouverai mon frère. »

La mère savait très bien qu'il rêvait d'être forgeron, et, malgré son inquiétude, elle l'embrassa très fort, pria la Vierge pour qu'elle le protège, puis elle le laissa partir et resta seule avec le plus jeune.

Le cadet suivit le chemin qu'avait pris son aîné, et, ayant traversé les mêmes villages pauvres, il rencontra saint Joseph qui lui dit :

« Tu cherches du travail, mon garçon ! Eh bien, tu tombes à pic ! Figure-toi que l'an dernier, à la même époque, est venu un garçon qui te ressemblait beaucoup. Il a bêché mon jardin,

je l'ai envoyé porter une lettre à saint Pierre, mais je ne l'ai jamais revu. Pourtant, il devait m'apporter la réponse et venir chercher son salaire. Par la même occasion, il aurait pu ensemencer mon jardin. »

Le garçon dit :

« C'est mon frère. Nous sommes sans nouvelles et ma mère compte bien sur moi pour le retrouver. »

Le cadet ensemença le jardin tandis que saint Joseph écrivait une autre lettre.

« Voilà, dit le saint. Tu vas marcher toujours en direction du levant. Tu remettras cette lettre à saint Pierre et tu ramèneras ton frère qui est certainement resté chez lui. »

Le cadet s'en fut donc à travers le désert, et, après une journée et une nuit, atteignit le premier torrent.

« Tiens, se dit-il. Il y a une pierre au milieu qui permet le passage. C'est probablement mon frère qui l'a placée là l'an dernier. C'est déjà la preuve qu'il est venu jusqu'ici. »

Il emplit lui aussi sa gourde d'eau fraîche, traversa et continua sa marche.

Arrivé au deuxième torrent, il vit une pierre

sur la berge. Il essaya de traverser, mais, sans la pierre, ce n'était pas possible. Il en déduisit que son frère n'avait pas franchi ce cours d'eau, appela, regarda autour de lui, mais rien ne vivait dans cette immense étendue de sable. Alors, voulant à tout prix accomplir sa mission, il fit rouler la pierre au milieu du torrent et bondit sur l'autre rive. Tout en pensant avec tristesse à son aîné qu'il croyait perdu, il marcha encore un jour et une nuit avant de se trouver arrêté par un troisième torrent. Le cadet essaya de traverser, mais l'eau, trop vive et trop profonde en son milieu, l'en empêcha. Il se mit donc à réfléchir, et, comme l'aîné, accroupi sur la rive, fut enveloppé par le vent de sable et changé en pierre.

Vous l'avez deviné, après une année, la pauvre veuve laissa partir le dernier de ses enfants qui, à son tour, arriva chez saint Joseph. Comme il était grand temps d'arroser le jardin, le plus jeune accomplit cette besogne, puis ayant appris que ses deux frères avaient pris la direction du levant, il la prit à son tour, portant une troisième lettre destinée à saint Pierre qui devait commencer à se morfondre sur son rocher. Comme il quittait saint Joseph, celui-ci lui dit :

« J'ai dans l'idée que tu réussiras, et c'est sans doute qu'il faut que vous soyez tous les trois, pour atteindre votre but. »

Le jeune homme s'en alla donc en pensant qu'il était parti de chez lui pour apprendre le métier de charpentier et que, pour le moment, il n'avait fait que le jardinier et le facteur.

Comme vous pouvez l'imaginer, il n'eut aucun mal à traverser les trois torrents puisqu'il y avait maintenant des pierres partout.

Une fois passé ce troisième cours d'eau, il marcha encore un jour et une nuit puis, à l'aube, il aperçut saint Pierre perché sur son rocher et qui faisait de grands gestes. Le saint n'était pas de très bonne humeur. Il se mit à bougonner :

« Tu as pris ton temps. Est-ce que Joseph n'aurait pas pu trouver un messager plus rapide que toi ! Le pauvre homme doit se faire vieux. Il n'est plus aussi débrouillard qu'autrefois. »

Le plus jeune expliqua alors que ses deux frères s'étaient perdus et que, sans ces pierres qui lui avaient permis de franchir les torrents, il ne savait pas très bien comment il serait arrivé jusque-là.

« Je vois ce que c'est, dit saint Pierre. Tu vas te reposer un peu, et puis, tu t'en retourneras par le même chemin. Je vais te donner une petite bouteille de mon eau miraculeuse, et, quand tu franchiras les torrents, tu en verseras quelques gouttes sur les pierres. »

Ayant pris un peu de repos, le plus jeune s'en alla.

Au passage des deux torrents où ses frères avaient été pétrifiés, il leur redonna forme et vie en les arrosant avec l'eau que lui avait donnée le brave saint. Puis, cheminant tous trois jusqu'au torrent que l'aîné avait pu passer grâce à la première pierre, ils se demandèrent s'ils devaient là aussi tenter l'expérience.

« Tu aurais bien dû demander à saint Pierre un peu plus de précisions, dit l'aîné. Si nous arrosons ce caillou, Dieu sait ce qu'il peut devenir.

— Peut-être un monstre qui va nous dévorer, objecta le cadet.

— Ou un garçon comme nous qui n'attend

MORGAN 80

que notre passage pour retrouver forme humaine », répondit le plus jeune.

Ils passèrent le torrent, puis, se tenant prêts à déguerpir si le rocher devenait un monstre, ils lui lancèrent le reste de l'eau merveilleuse. Et, aussitôt transformée en grenouille, la grosse pierre sauta d'un bond sur la rive et leur dit :

« Merci, mes amis. Voilà bien quatre mille ans que j'attends cette minute. Quelle chance vous avez d'être trois frères ! Moi, je suis fille unique et si vous n'étiez pas venus, je crois bien que j'étais là pour l'éternité. »

Leur ayant souhaité bonne route, la grenouille plongea dans le torrent et disparut.

Alors, en chantant sous le soleil, les trois frères s'en allèrent rassurer leur mère qui pleura de joie en les voyant. La pauvre femme était d'autant plus heureuse qu'elle allait pouvoir enfin se reposer, car ses trois fils avaient perçu en passant le salaire que leur avait promis saint Joseph.

Vous devez penser qu'il est heureux que cette pauvre femme n'ait pas eu une douzaine de fils, car nous ne serions jamais venus à bout de cette histoire. Mais, voyez-vous, c'est une légende qui date d'une époque où les hommes savaient encore prendre le temps de raconter ; d'une époque où les enfants savaient aussi prendre le temps de les écouter.

Le lac
de la Grande Épée
Tonkin

Il y a, au centre de la ville d'Hanoi, un lac appelé lac de la Grande Épée. Ce lac n'est pas très étendu, mais il tient une place importante dans la mémoire des gens attachés à la terre de leur pays. Nombreux sont ceux qui vous raconteront pourquoi ce lac se nomme ainsi.

C'était vers 1418, au temps de l'invasion du Tonkin par les armées chinoises. Comme toutes les guerres, cette campagne avait amené son cortège d'horreurs et de misères. Le peuple d'Hanoi vivait sous la terreur, et la famine menaçait.

Il y avait eu, de la part du peuple, quelques tentatives de soulèvement, mais rien n'était assez fort pour coordonner ces petites révoltes dispersées et faire qu'un grand mouvement jette hors du pays les envahisseurs.

Plus la nourriture se faisait rare, plus il y avait de pêcheurs sur les rives du petit lac, au cœur même de la cité. Mais le poisson, à force d'être traqué, s'était raréfié comme tout ce qui pouvait être mangé. Patients, les pêcheurs passaient de longues heures sur les rives pour prendre, de temps en temps, un tout petit goujon.

Or, un jour que Le-Loi pêchait depuis un peu plus de deux heures sans avoir vu l'ombre d'un poisson, il se produisit devant lui un étrange phénomène. Juste à l'endroit où se trouvait le bouchon de sa ligne, l'eau généralement très calme du lac se mit à tournoyer. Une espèce de remous se dessina et c'était un peu comme si le lac eût bandé ses muscles avant d'accomplir un travail pénible. Très intrigué, Le-Loi regardait ce bouillonnement. Les autres pêcheurs observaient à la fois le lac et le jeune homme, curieux de savoir comment il s'en tirerait si un poisson capable de provoquer pareil remous mordait à sa ligne.

Quelques hommes empoignèrent leur bambou et s'approchèrent en disant :

« Si tu prends ce très gros poisson, nous t'aiderons à le sortir de l'eau, mais il faudra partager avec nous car notre faim et celle de nos enfants valent bien la tienne. »

Le-Loi ne répondit pas. Il continuait de fixer l'eau. Au fond de lui, se passait également quelque chose de mystérieux qui l'empêchait d'entendre ce qu'on lui disait. Un grand trouble l'habitait, mais un trouble qui était un peu comme une eau vivifiante.

Le-Loi se sentait devenir très fort et très lucide.

L'eau tournoya ainsi quelques minutes, puis le centre du remous s'éclaira soudain comme s'il eût été crevé de l'intérieur par une flamme vive.

Étincelante, plus lumineuse que le reflet du soleil sur le lac une longue épée d'or sortit de l'eau. Cette épée était portée par une grosse tortue qui émergea à son tour et se mit à nager en direction de Le-Loi.

151

Bien entendu, tous les pêcheurs, intrigués, s'avançaient. Cependant, comme ils sentaient bien que quelque chose de surnaturel se passait, ils restèrent à une certaine distance du jeune homme, et il y avait, dans leur attitude, beaucoup de respect.

La tortue gagna la rive et posa l'épée étincelante aux pieds de Le-Loi.

« Prends cette épée, dit-elle, et regarde ton peuple. Regarde sa misère et sa détresse, écoute sa plainte et tu comprendras alors pourquoi je suis venue. »

Ayant dit, la tortue s'éloigna pour plonger et ne plus reparaître.

L'épée brillait toujours sur le sable mouillé. Il s'était fait un grand silence. Immobiles, comme figés dans l'attente d'un événement fabuleux, tous les pêcheurs demeuraient le regard rivé sur cette longue lame qui était comme un éclat de soleil posé aux pieds de Le-Loi.

Le-Loi attendit que les vagues soulevées par la tortue se soient apaisées. Puis, lorsque les roseaux de la rive eurent fini de murmurer, il s'agenouilla, empoigna l'épée, se releva lentement et se tourna vers les pêcheurs assemblés.

La lumière qui jaillissait de l'épée éclairait son visage et semait dans le noir profond de ses yeux de minuscules poussières d'or. Il paraissait grandi. Il leva l'épée en direction du soleil et il dit :

« Mes amis, voici un signe qui ne saurait tromper. Cette arme m'est envoyée pour que je prenne la tête du soulèvement qui libérera notre pays. Soyez avec moi et que vos amis le soient aussi. »

Comme une patrouille chinoise s'avançait en direction du groupe pour le disperser, Le-Loi marcha délibérément à la rencontre des soldats. Il leva son épée pour en frapper celui qui semblait être le chef, mais il n'eut pas le temps d'aller au bout de son geste. Déjà les pêcheurs se jetaient sur les soldats qui, en quelques instants, se retrouvèrent au fond du lac.

Et la révolte commença dont Le-Loi devint aussitôt le chef. Cette fois, parce que Le-Loi savait organiser les choses et donner du courage à ses hommes, les Chinois furent rapidement jetés hors du pays.

La joie de tout le peuple du Tonkin fut immense et de grandes fêtes s'organisèrent par-

tout. La plus belle, naturellement, fut celle qui eut pour cadre le lac du centre d'Hanoi. Car le peuple avait décidé que Le-Loi serait couronné roi.

On célébra cette cérémonie, puis, en témoignage de reconnaissance, Le-Loi déclara qu'il ferait une offrande au lac qui lui avait donné l'épée de la révolte. Il fit apporter les plus beaux fruits ainsi que des perles fines et des bijoux en or. On chargea le tout sur une barque où le nouveau roi prit place. Les rameurs conduisirent le bateau au milieu du lac. Là, comme Le-Loi se levait pour procéder à son offrande, le ciel bleu et sans nuage sembla se déchirer soudain. Il n'y eut qu'un seul grondement de tonnerre, mais un grondement énorme. Comme jamais encore on n'en avait entendu.

Tandis que la foudre éclatait, on vit l'épée du roi quitter seule son fourreau, s'élever dans l'air et se transformer soudain en un gigantesque dragon couleur de jade. De la fumée noire enveloppait cette apparition comme un manteau épais. Mais le vent déchira le nuage et, dès qu'il eut contemplé le peuple heureux tout autour du lac, le dragon plongea et disparut.

Le-Loi n'en était pas moins roi, et il le resta.

Il était un roi juste et bon, d'une grande modestie parce qu'il savait que l'épée avec laquelle il avait chassé les Chinois n'était autre que l'esprit du lac. Sans lui, jamais Le-Loi n'eût rien tenté et l'idée ne fût venue à personne de le proclamer roi.

C'était là une évidence, mais Le-Loi se demanda pourquoi l'esprit du lac lui avait repris son épée. Pour le savoir, il alla consulter le plus vieux sage de son royaume. Et le vieux sage lui dit :

« L'esprit du lac a armé ton bras pour te permettre d'aider le peuple à se libérer de l'oppresseur. À présent que ton peuple est libre et fort, à présent que tu es roi, tu pourrais être tenté de te livrer toi-même à des guerres de conquête. L'esprit du lac sait bien que le plus sûr moyen de ne jamais faire la guerre, c'est encore de n'avoir ni arme ni armée. Et c'est pour que tu deviennes le souverain du pays de la paix que l'esprit du lac t'a repris ton épée. »

Le-Loi vécut très vieux et sut préserver son peuple de la guerre. Sur son lit de mort, il enseigna sa sagesse à ses fils, mais d'autres pays, qui ne comptaient aucun sage, continuèrent d'entretenir des armées pour lesquelles, de temps en temps, des souverains sans sagesse se croient obligés de déclarer la guerre.

L'ogresse
de la rivière

Inde

Si vous vous rendez un jour en Inde, allez voir les conteurs. Il y en a dans toutes les villes, généralement sur des places proches de celles où se tiennent des marchés hauts en couleur. Ils sont là, au milieu des cercles de curieux, et ils ne cessent de raconter. Bien entendu, ils le font dans le langage de leur province que vous ne comprendrez pas, mais le seul spectacle mérite qu'on s'y arrête. La verve de ceux qui parlent et le silence attentif de ceux qui boivent leurs paroles suffisent à montrer que les contes et les légendes sont, pour ce peuple très attaché à ses traditions, une véritable nourriture.

Au cours d'un séjour à Calcutta, j'ai eu la chance de pouvoir rencontrer un de ces conteurs qui s'exprimait aussi bien en anglais qu'en indi et en bengali. Il était né dans un petit village de la montagne, dont j'ai oublié le nom, et qui se trouve près d'un affluent du Brahma-poutre. Ce qu'il m'a confié est une légende de l'Assam, et je crois me souvenir qu'il la tenait d'un homme de la tribu des Naga.

Il y a bien longtemps, dans un petit village de paillotes construit sur la berge d'une rivière, vivaient deux enfants de six ans qui ne se quit-taient jamais. Ils s'appelaient Babu et Mohan. Ils n'étaient pas frères, pas même cousins, mais ils s'aimaient tant que leurs parents avaient accepté de ne jamais les séparer. Ils allaient donc ensemble à l'école, ils s'amusaient ensemble et, pour manger et dormir, ils allaient un jour chez l'un, un jour chez l'autre.

Ils étaient tous deux de caractère aimable. Ils travaillaient bien à l'école, et, lorsqu'on leur demandait de rendre service, ils le faisaient de bonne grâce. Pour les récompenser, on leur permettait d'aller seuls se baigner dans la rivière, en amont du village. L'eau y était claire et profonde, le courant très vif sur l'autre rive, mais, sur la rive où ils se trouvaient, la plage était calme et le fond régulier. Comme les deux garçons étaient pleins de raison, les parents savaient qu'ils ne commettraient aucune imprudence.

On leur avait recommandé de ne pas aller plus haut que les cascades, car, en ce temps-là, une ogresse habitait l'île qui se trouve au milieu de la retenue, et, comme toutes les ogresses, elle avait une très mauvaise réputation.

Pourtant, un après-midi, alors qu'ils s'apprêtaient à regagner le village, les deux enfants virent voltiger au ras de l'eau un oiseau minuscule dont le plumage multicolore paraissait plus lumineux que le reflet du soleil sur les remous.

« Quel étrange oiseau, dit Mohan, je n'ai jamais rien vu d'aussi beau.

— On dirait du feu, observa Babu, mais du feu qui ne brûle pas. »

L'oiseau s'approcha d'eux et vint se percher sur un roseau. Il était si léger que le roseau ne ployait même pas.

161

« Vous paraissez bien étonnés de me voir, leur dit-il. Seriez-vous d'un pays où les oiseaux n'existent pas ?

— Bien sûr que non, dit Mohan. Mais je n'avais jamais vu d'oiseau aussi beau et aussi lumineux que toi.

— Et moi non plus », ajouta Babu.

Très fier, l'oiseau gonflait son plumage, se rengorgeait, lissait du bec les plumes de ses ailes pour leur donner encore davantage de brillant.

« Comment fais-tu pour être si beau et si lumineux ? demanda Babu.

— Ce n'est pas compliqué, expliqua l'oiseau, je me baigne chaque jour en un certain endroit de cette rivière, là, plus haut que les cascades. Vous voyez, ces bains me donnent de merveilleuses couleurs, et aussi une grande intelligence. Et c'est précisément à cette intelligence que je dois ce que vous appelez ma luminosité. »

Les enfants furent à tel point émerveillés, qu'ils en oublièrent la présence de l'ogresse et les recommandations de leurs parents. Pour devenir aussi beaux et aussi intelligents que l'oiseau, ils acceptèrent de le suivre. Et l'oiseau les conduisit vers l'amont, jusqu'à un coude de la rivière où il les invita à se baigner. Ils avaient dépassé les cascades, et l'eau, retenue par les rochers, était calme et profonde. Ils avaient bien remarqué, au milieu de la rivière, une île qui était formée par une falaise très haute, mais l'idée ne leur vint pas que l'ogresse pût habiter là. Et pourtant, c'était bien à l'intérieur de ce rocher que demeurait cette femme en compagnie de l'ogre, son époux.

Insouciants, les enfants se baignèrent avec l'oiseau. De temps en temps, ils se regardaient.

« Est-ce que je suis plus beau ? demandait l'un.

— Je te vois toujours pareil, répondait l'autre. Mais moi, il me semble que je suis beaucoup plus intelligent.

— Soyez patients, disait l'oiseau. Ça ne vient pas si vite ! »

Il y avait peut-être une heure que les enfants barbotaient ainsi, lorsqu'une ombre arriva sur eux, exactement comme si le soleil se fût trouvé soudain caché par un épais nuage noir. Surpris, ils levèrent la tête. Ce n'était pas un nuage, mais une grande femme maigre et laide, aux cheveux raides comme des baguettes et rouges comme des tomates. Elle se tenait debout sur l'eau avec autant de facilité que vous et moi sur la terre ferme. Les enfants furent tellement effrayés, qu'ils ne purent ni pousser un cri ni ébaucher un geste. Déjà l'ogresse les empoignait tous deux, les sortait de l'eau et les emportait.

En quatre enjambées elle traversa ce bras de rivière pourtant très large et, d'un coup, les enfants se trouvèrent plongés dans la nuit. L'ogresse venait d'entrer dans le rocher de l'île par une étroite crevasse. Elle marcha un moment sous une voûte où son pas trouvait un écho terrifiant. Son souffle rauque résonnait pareil à un vent d'orage qui s'engouffre dans une vallée. Toujours paralysés par la peur, les enfants tremblaient. Enfin, l'ogresse entra dans une salle aux parois de roche luisantes. Il faisait froid et humide. Deux torches fichées dans la paroi projetaient partout des ombres et des lueurs fauves qui dansaient. Un vent glacial passait qui semblait monter du sol.

L'ogresse posa les enfants sur une table de pierre, puis elle dit :

« Tiens, voilà des années qu'on ne se nourrit que d'oiseaux, un peu de chair d'enfant nous fera du bien. »

Les deux garçons virent alors sortir d'un recoin d'ombre le mari de l'ogresse. Il était laid comme elle, mais beaucoup plus âgé. Le dos voûté, il s'appuyait sur un bâton et semblait avoir beaucoup de peine à marcher. Les quelques cheveux qui lui restaient n'étaient pas rouges comme ceux de sa femme, mais aussi verts que l'herbe des prés.

« Tu as raison, fit-il... Mais je me demande où tu es allée les chercher !

— Pas bien loin. Ils étaient venus se baigner en face de chez nous.

« — Ça alors, dit l'ogre. Est-ce que les gens du pays nous croiraient morts, par hasard ? »

L'ogresse eut un énorme éclat de rire qui fit trembler toute la falaise.

« Pas du tout, dit-elle. Je pense qu'ils ont été amenés là par cet oiseau étrange dont je t'ai déjà parlé et qui est tellement malin qu'il déjoue toutes mes ruses. Celui-là, je crois que je ne l'attraperai jamais. Mais je me demande pourquoi il a conduit ces enfants jusqu'ici.

— Ne te pose pas tant de questions, répondit l'ogre. Ils sont ici, dépêche-toi de les faire cuire, l'odeur de la chair fraîche m'a mis en appétit. »

L'ogresse soupesa les deux garçons et déclara :

« Celui-ci est trop maigre. Il faut l'engraisser un peu. Quant au plus gros, nous le mangerons dimanche. »

Le plus maigre était Babu et le plus gros Mohan. Elle porta Mohan dans une petite pièce basse où elle l'enferma. Puis elle revint dans la grande salle où elle se mit à préparer du riz pour engraisser Babu.

Resté seul, Mohan eut envie de pleurer, mais il se dit qu'il était là pour avoir été désobéissant et qu'il devait avant tout penser à s'évader. Il regarda par où entrait le peu de lumière qui venait jusqu'à lui, et il découvrit une fissure du rocher à peine assez large pour qu'il pût y engager la main. Il était en train de se dire qu'il n'avait aucune chance de sortir par là, lorsque l'oiseau lumineux vint se percher sur son doigt. Car l'oiseau était si petit qu'il pouvait entrer facilement par la fissure.

« Surtout, dit l'oiseau à voix basse, ne parle pas trop haut. L'ogresse a l'oreille fine. Écoute-moi : je vous ai attirés ici parce que le peuple des oiseaux en a assez d'être sans cesse pourchassé par cette ogresse. Elle finira par manger tout le monde. Babu et toi, vous êtes malins. Vous devez vous arranger pour lui dérober son charme.

— Son quoi ? demanda Mohan.

— Son charme, répéta l'oiseau. C'est une poudre qu'elle détient dans un petit bocal. Quand on porte ce bocal sur soi, on peut marcher sur les eaux et passer la rivière. »

Mohan réfléchit un instant, puis, toujours à voix basse, il dit :

« Mais nous sommes séparés. Et, sans mon ami, je suis comme perdu. »

Il expliqua que l'ogresse avait gardé Babu

auprès d'elle pour le gaver de riz. À son tour, l'oiseau réfléchit, puis il dit :

« Il faut que ton ami refuse de manger s'il n'est pas avec toi. Comme elle tient beaucoup à ce qu'il engraisse, elle vous réunira. Quand tu entendras ronfler l'ogre et l'ogresse, à travers la porte, tu expliqueras ça à ton ami. »

L'oiseau s'envola, et Mohan attendit la nuit. Il fit comme l'oiseau avait dit, et, dès le lendemain, l'ogresse fut obligée de le reconduire dans la grande salle. C'était un gros avantage parce qu'il pouvait, lui aussi, manger du riz ; mais, ici, l'oiseau ne pouvait pas leur rendre visite. Or, sans ses conseils, Mohan se sentait un peu désemparé.

Pourtant, l'oiseau lui avait parlé d'un petit flacon de poudre blanche, et il remarqua en effet que chaque fois qu'elle sortait, l'ogresse prenait un petit flacon. En rentrant, elle le posait sur un meuble très haut.

Mohan, qui était brave et qui avait peur d'être mangé, se dit qu'avec l'aide de l'oiseau, il pourrait s'emparer du charme. Il attendit donc que le couple d'ogres fût endormi, et, usant de mille précautions, il gagna la pièce où il avait été enfermé lors de son arrivée. Il passa sa main par la fissure du rocher et, comme au premier soir, l'oiseau lumineux vint se poser sur son doigt. Mohan lui expliqua où se trouvait le charme, et il dit :

« Tu vas entrer avec moi, tu iras te percher sur ce meuble, et, avec ton aile, tu feras tomber le flacon. Je suis très adroit, je l'attraperai. Et alors, nous pourrons sortir car j'ai vu également où l'ogresse cache la clef de la porte. »

Il fallait évidemment beaucoup de courage à l'oiseau pour entrer dans une maison habitée par des gens qui se nourrissaient d'oiseaux, mais, comme il n'y avait pas d'autre solution, il suivit Mohan. Mohan éveilla son ami, et ils allèrent tous deux se placer au pied du meuble.

« Vous êtes prêts ? » demanda l'oiseau dans un souffle.

Mohan lui fit signe qu'il pouvait opérer. L'oiseau vola, se posa sur le meuble, et, d'un bon coup d'aile, il fit tomber le flacon que Mohan attrapa. Mais, en même temps que le charme, l'oiseau avait bousculé le pot à tabac de l'ogre. Sur le sol de pierre, le pot se brisa en faisant un grand bruit. Naturellement, l'ogresse et l'ogre bondirent de leur lit. Les enfants se croyaient déjà perdus lorsque l'oiseau eut une idée de génie. Piaillant très fort, il se mit à voleter en direction de la pièce qui avait servi de prison à Mohan. Naturellement, l'ogre et l'ogresse se lancèrent à sa poursuite. Les deux enfants en profitèrent pour filer par la grande porte.

Aussitôt dehors, Mohan, qui n'avait pas lâché le charme, prit son ami sur les épaules et s'élança en direction de la rive. Il courait sur l'eau exactement comme il eût couru sur le sable d'une plage.

Arrivés sur la rive, ils retrouvèrent l'oiseau qui s'était enfui par la fissure du rocher.

« Ne restons pas là, cria Mohan, elle nous rattraperait, avec ses grandes jambes. »

Alors, l'oiseau se mit à rire en disant :

« Mais non. Regarde-la. Elle n'a plus son charme. La voilà prisonnière de son île. »

En effet. Au pied de la falaise, l'ogresse et son vieil ogre gesticulaient, vociféraient, se querellaient entre eux, menaçaient les enfants de la voix et du geste.

L'oiseau s'en fut voler au-dessus d'eux pour les narguer et son rire attisa encore la colère du couple.

Quand l'oiseau revint près des enfants, il les remercia au nom du peuple des oiseaux et il dit à Mohan :

« À présent, l'ogresse et son mari vont mourir de faim dans leur tanière. Mais toi, tu dois te débarrasser du charme car j'ai peur qu'il ne finisse par te rendre méchant. »

Mohan jeta le flacon dans la rivière. Il y eut un bouillonnement de l'eau d'où monta un petit nuage de fumée noire que le vent dispersa.

Depuis lors, dans ce pays, il y a beaucoup d'oiseaux et, en souvenir de Babu et de Mohan, les oiseaux sont toujours restés les amis des enfants.

Mais c'est aussi depuis ce temps-là que plus personne ne marche sur l'eau.

L'étang de feu

Russie

Il y avait, jadis, tout au fond de l'immense Russie, un village où vivait une femme dont tout le monde avait peur. Elle était aussi méchante et aussi laide qu'elle était riche, ce qui n'est pas peu dire. En effet elle possédait à elle seule plus de la moitié des terres du village. Elle y faisait travailler de pauvres journaliers qu'elle payait fort mal et renvoyait sans scrupules dès qu'ils tombaient malades. Elle ne se souciait pas de savoir s'ils retrouveraient un emploi, s'ils parviendraient à nourrir leurs enfants et à leur donner un toit. Du moment qu'ils n'étaient plus en mesure de la servir, elle les chassait. Jamais personne ne l'avait vue donner quoi que ce fût. Aussi, dans son village, même les gens les plus charitables la vouaient aux flammes de l'enfer, disant qu'elle finirait bien par payer dans l'autre monde tout le mal qu'elle avait fait dans celui-ci.

Elle était d'une solide constitution, et pourtant, vers sa soixantième année, elle mourut d'un mal mystérieux qui l'emporta en quelques jours.

Naturellement, personne ne la pleura, et c'est sans prière ni regret que ses voisins virent sa dépouille prendre le chemin du cimetière.

Or des diables vigilants guettaient depuis longtemps le moment où elle rendrait son âme. Prompts comme la foudre, dès qu'ils eurent entendu son dernier soupir, ils l'emportèrent et la jetèrent dans l'étang de feu.

Cet étang était presque de la taille d'un petit lac. Je ne sais quel liquide l'emplissait, mais de hautes flammes naissaient à sa surface qui grésillait comme de l'huile au fond d'une poêle. Sur ses rives aussi noires que du charbon ne fleuris-

176

saient que des braises qu'un vent brûlant attisait sans relâche. C'était un lieu effroyable où se débattaient tous les damnés morts dans cette région depuis des siècles.

Lorsqu'elle y fut précipitée par les démons, la femme se mit à hurler. Elle poussait des cris inarticulés où revenaient seulement, de loin en loin, les mots « mendiante » et « oignon ». Les damnés qui l'entouraient se bornaient à hausser les épaules en lui ordonnant de se taire.

« La vie n'est déjà pas drôle ici, criaient-ils, si tu viens encore hurler comme une folle, ça n'arrangera pas les choses. Si tu es là, c'est que tu l'as mérité. Fais comme nous, résigne-toi. Tu vas griller durant l'éternité. Ceux qui ont été jetés ici n'en sont jamais sortis. Pourquoi ferait-on exception pour toi ? Tu es tellement mauvaise que tu finiras par rendre l'enfer vraiment insupportable ! »

Mais la mégère ne les écoutait pas. Elle continuait ses criailleries. Elle fit tant de vacarme qu'elle finit par attirer l'attention de son ange gardien. Le bon ange s'approcha de l'étang et demanda aux diables cornus la permission de s'entretenir un instant avec la malheureuse.

« Si tu veux, dirent les diables qui commençaient à en avoir par-dessus les oreilles. Et s'il est en ton pouvoir de la faire taire, nous t'en serons reconnaissants. »

Dès que la femme aperçut son ange, elle s'en prit à lui en termes d'une telle vigueur que je les transpose un peu pour vous les rapporter :

« Espèce de propre à rien, lui cria-t-elle, tu es mon ange gardien, et voilà qu'au moment où j'ai besoin de toi, tu n'es pas là !... »

L'ange, qui en avait entendu d'autres au cours de sa longue carrière, laissa passer l'orage. Enfin, lorsque la femme, à bout de souffle et à court d'injures, se tut, il lui dit :

« Je n'ai pas que toi à protéger. Quand tu es morte, j'étais au chevet d'une de tes esclaves qui est tombée malade d'avoir trop peiné pour emplir ta bourse. D'ailleurs, tu étais si coriace que personne ne s'attendait à te voir partir aussi vite.

— C'est vrai, reconnut-elle, mais je suis partie tout de même, et me voilà dans de beaux draps. Aïe ! Que ça me brûle ! Aïe ! que je souffre ! Tire-moi de là, espèce d'incapable !

— On ne tire pas les gens de l'enfer sans

raison. Et toi, tu n'as pas une seule bonne action à ton actif.

— Comment ! rétorqua-t-elle. Et l'oignon que je suis allée arracher dans mon jardin pour le donner à une mendiante ! Tu l'as donc oublié ?

— Un oignon, grommela l'ange, un oignon, voyons un peu... »

Et il tira de sa poche un gros carnet à couverture noire tout corné, qu'il se mit à feuilleter en mouillant son pouce à coups de langue. Il avait pris un peu de hauteur pour éviter que les flammes ne viennent mettre le feu à son précieux répertoire. Il cherche donc à la lettre O.

« Voyons... Ocre... Odorat... Œil... Œuf, non tu n'aurais pas donné un œuf. Certainement pas !

— J'ai donné un oignon, pleurnichait la femme.

— Tais-toi, laisse-moi chercher... Office... Offrir... Décidément, il y a là des mots qui ne te concernent guère... Ogre... Ogresse... Ce serait déjà mieux... Oie... Tu as dû en plumer pas mal... Ah ! voilà. Oignon. Nous y sommes... Callosité qui vient aux pieds... Grosse montre... Plante potagère à racine bulbeuse... En effet... Tu as raison. Tu as bien donné un oignon à une pauvresse qui mourait de faim. Je l'avais inscrit, mais c'est tellement extraordinaire de ta part, que, dans mon idée, il s'agissait d'une autre... Mais non, c'est bien toi. »

L'ange réfléchit un instant, puis il ajouta :

« Tu avoueras que ça n'est pas grand-chose, mais enfin, pour une personne aussi avare, c'est une action d'une grande importance. Attends un moment. Je vais faire quelque chose pour toi. »

Tandis que l'ange s'éloignait à tire-d'aile, la femme criait :

« Dépêche-toi, grand paresseux. Je grille comme une châtaigne ! Aïe, que j'ai mal ! »

Les autres damnés, qui avaient fait cercle pour entendre ce qui se disait, continuaient de se moquer d'elle en affirmant que l'ange ne reviendrait pas.

Et pourtant, quelques minutes plus tard, l'ange était de retour, tenant par sa queue encore verte un énorme oignon blanc qu'il venait d'arracher dans le potager de saint Pierre. Il descendit en planant sur l'étang, écarta la fumée à

181

coups d'aile, et tendit le bulbe à la femme en disant :

« Accroche-toi, et tiens bon. Tu as les ongles assez crochus. Je vais te tirer de là. »

La femme se suspendit, et le bon ange se mit à tirer de toutes ses forces.

Il avait déjà sorti la femme des flammes jusqu'à hauteur des cuisses, lorsque les autres damnés comprirent qu'ils avaient une chance de s'évader eux aussi. Ils se précipitèrent et s'accrochèrent aux jupons de la femme qui se mit à leur donner des coups de pied dans les yeux en criant :

« Laissez-moi tranquille ! Cet oignon est à moi... C'est moi qu'on retire. Pas vous. Votre place est ici !... »

Elle n'eut pas le temps d'en dire davantage. La tige de l'oignon se brisa. L'ange fit un bond en l'air tandis que, serrant toujours le bulbe dans ses mains crispées, la femme retombait, soulevant autour d'elle un épais remous de feu. Il y eut un grésillement et une odeur d'oignon grillé, puis plus rien. Plus rien que le crépitement des flammes.

Ah ! si, il y eut aussi les sanglots de l'ange qui s'éloignait tristement.

L'ange était désolé de n'avoir rien pu faire pour cette femme. C'est du moins ce que je pense, bien que les mauvaises langues prétendent que c'était l'oignon qui lui tirait tant de larmes.

TABLE

« Pour l'édition de principe par Hachette, le papier composé de fibres naturelles renouvelables, recyclables et fabriquées à partir de bois dans de forêts qui adoptent un système d'aménagement durable. En outre, l'éditeur attend de ses fournisseurs de papier qu'ils s'inscrivent dans une démarche de certification environnementale reconnue. »

Édité par la Librairie Générale Française - LGF
58, rue Jean Bleuzen, 92170 Vanves

Composé par IGS-CP
Achevé d'imprimer en France par CPI (Malesherbes)
Dépôt légal 1 : publication novembre 2014
31.1684.4/01 - ISBN : 978-2-01-002162-6
Loi n° 49-956 du 16 juillet 1949 sur les publications destinées à la jeunesse

Édité par la Librairie Générale Française - LPJ
58, rue Jean Bleuzen, 92170 Vanves

Composition JOUVE
Achevé d imprimer en France par CPI (140456)
Dépôt légal 1ʳᵉ publication novembre 2014
31.4448.4/01 - ISBN : 978-2-01-002162-6
Loi n° 49-956 du 16 juillet 1949 sur les publications destinées à la jeunesse
Dépôt légal : mars 2017